小兒子2

願我們的歡樂長留

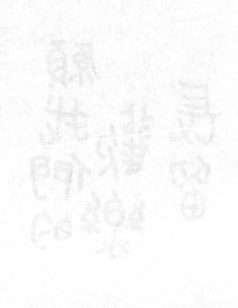

目 次

願我們的歡樂長留（代序） 011
訪問大人物我的爸媽（代序） 阿甯 016

輯一｜你是吉丁米嗎？

好孩子 018
成功的推理 021
口味 024
一代不如一代 026
父親節 028
義賣 032
去吧！皮卡丘！ 034
皮帶 036
你是吉丁米嗎？ 038
怪異的習慣 041
電玩展 044

買大送大 048
複姓還是夫姓 050
食品業 053
羅漢 056
名字 058
調味料 060
大腸 062
創造力 065
小矮丁 066
剁蒜頭 068
難得一見 070
冒險日誌 072
胖矮丁 075
終於等到這一天 076

輯二｜無聊男子的血脈相承

人生勝利組 078
文豪 080
父慈子孝 081
快慢 084
冒失鬼 085
逃生門 091
頂嘴 094
朋子 096
正面能量 097
爽爽們 100
孝悌楷模 101
河肉丸 106
偷吃 109
一個蕩氣迴腸的旅程 112
晚景 118
電扶梯 120
認錯人 124
無聊男子的血脈相承 126
癡呆症者標準型 130
長頸鹿 133
嗅覺疲勞 134
音樂課 138
粵語 140

輯三｜願我的歡樂長留

跑過來跑過去 144
畫 147
女神的小樹 148
異次元 150
潮水箴言 152
無歌單 154
願我的歡樂長留 159
天才美少女 162
沮喪的事 166
明日邊界 170
她是王菲啊 172
老宅男和小宅男 174
岐路迷宮花園 177
鳥人 180
禮貌 182
可愛小動物們 185
大腦 188
我是豬 190
捏麵人 194
願我們的歡樂長留 197
隊長 200
真相 202
親事 205
少女 208

輯四｜書香世家

書香世家 212
航廈奇緣 215
貼圖 218
震撼演說 220
超弱團隊 223
新發明 226
夢幻地 229
讚許 232
怪北杯 234
逆境 236
面子 241
張飛 245
張飛肖像 250
宵夜 252
舊照 254
併桌 256
無聊 259
心得 260
唬爛王 263
活字典 265
築巢 268
時間都到哪去了 270
往事 274
恐懼的事 277
運動 280
同類 283

輯五｜收信者

小花 286
我最愛她啦 289
貓警官 290
收信者 294
你兒子，可憐哪～ 296
胖麋鹿 300
食物鏈 302
八點檔連續劇 303
時光 308
將來 310
夢裡尋夢 312
窮開心 314
字條遊戲 317
給這世界留下什麼 320
世界的裡面 322
訊息 325
不要太輕易，把全部的自己交出去 328
家書 334
翻譯年糕 337
祝福 340
無敵翻譯年糕 342
但願人長久 345

輯六｜每一隻小狗都渴望自己被愛

宙斯 348
壁咚 351
點歌 352
怪話 354
大滅絕 356
魔法公主 359
每一隻小狗都渴望自己被愛 362
假牙 368
雷寶呆的癖好 370
老祖宗 372
像個女孩兒 374
飛毛腿 376
宙斯的大腳 378
這是誰家的狗ㄍㄡˊ啊？ 380
一直都在 382

〔代序〕願我們的歡樂長留

我們這一輩的爲人父母者，恰在一個經驗的眞實完足，與虛構海洋的過渡換日線。

這是兩種完全不同的世界。

譬如我小時候，和父親一起坐客廳看著電視節目（當然那是只有三台的年代），若有連續劇劇中人物的悲苦、激動、或演出本身，誇張荒唐到連我這小孩都嗤之以鼻的地步，我會說：「哼，好爛！」。而我父親會痛斥我：「你有什麼資格說人家爛？你自己去拍拍看？說不定比他爛多了。」

我想我父親可能比我更早，那防線已被越過，深感那是個爛節目、爛戲、爛演員，但他爲何要那樣嗆我？因爲他的生命經驗，像一隻池塘裡的老烏龜，他已摸透了這個池子大約哪裡水深，哪裡水淺，大約游多遠就會撞到邊界。你會遇見怎樣的危險，災難，攻擊；以及如何避開這些危險，這些經驗基本上是可以規約成一種謙遜，或踏實掌握技能，一種人際交往較不會犯錯的方法論。

譬如說，我小時候，父親教我刷皮鞋。先用一把乾的鞋刷非常使勁的刷去鞋面的灰，才再用另一柄專門蘸鞋油的鞋刷，抹油上去。第一道工沒做仔細，第二道工你拚命抹很厚的鞋油上去，怎麼刷，鞋就是不會有那種刨光的亮。

譬如說，雨天鞋整個濕透了。我父親會教我怎樣把報紙撕成一小塊一小塊，揉成小紙團，一坨坨塞在鞋腔內，塞得飽滿。第二天早上，要出門前，那鞋就是乾爽的不得了。水全被吸到那報紙球了。

我父親會在永和老家的院子種樹，養蘭，他深知那些樹的特性，知道怎麼照顧那些蘭花。颱風來之前，他會拿長木梯爬上我們那日式老屋的屋頂，修修補補，將天線保護好。家中電表保險絲燒斷，水龍頭的橡皮鬆弛了，馬桶漏水了，他會自己換。我蹺課和友伴到小巷弄裡的彈子房敲撞球，我父親知道了，會拿木刀，要我跪在祖先牌位前抽我。因爲我如果跑進那些「歧路」裡，就可能回不來這個穩定，需要一步一腳印走出道路的人生。

但我父親過世之前，還沒搭過捷運（我母親後來就會了）；可能也沒用過ATM提款（我母親後來也會了）；當然他根本沒碰過電腦，或手機這些玩意。他的年代，是滿街可以找到電話亭，打投幣式公用電話的年代。所有人的腦袋裡，至少記得三四十組不同朋友家裡電話，或至少有一本小電話號碼簿，密密麻麻記著各種人名和他們的電話。

我這一代的人，從孩子穿過一個世界，從那樣一個早晨報僮丟一落橡皮圈紮起的報紙進院子，各戶狗吠聲交錯；或是搭火車、搭公車，到某地，都有種悠悠晃晃，行道天涯，認命之感。而後穿越進另一個，現在這個，訊息量不斷暴脹，世界的每一天比從前的每一天，大千百倍，卻又如此分崩離析，透明碎片環繞著我們一起，繼續擴散、更稀薄、更朝生而夕死的無數蕈菇叢般的世界。

從兩孩子很小的時候，我就帶著他們去信義威秀看《怪獸電力公司》、《玩具總動員》、《史瑞克》，後來我跟著他們去看《哈利波特》、《魔戒》，各自還有二、三、四、五集或前傳，我根本搞不懂裡面的人物因果關係，兒子們卻像和電影中的人超熟，談起來像他們的小學同學一樣。他們更大一些，我又跟他們去看《全面啓動》、《明日邊界》、《復仇者聯盟》、《X戰警》、《變形金剛》的我也搞不清四、五、六哪一集。那些情節比佛經裡的奧義還展示著——我們所活的這個世界，不過是幻影；我們隨時可以自由進出那些光怪陸離的界面。兒子們小學的時候，就分別給他們一支最便宜的手機，以防放學沒接到他們時，可以掌握到行蹤。我對電腦不會使用的功能，全是他們跑來幫我（用他們在學校電腦課學到的技術）解決。有時在家裡不知要吃什麼，他們會打電話叫麥當勞外賣或網路點熊貓餐點快遞，我完全不知怎麼用這些系統。他們已經可以用博客來訂書，到7-11取書，我還是習慣到實體書店逛。當我想跟他們討論像那些美式速食店的炸雞塊，可以是基因改造雞，那些養雞場的總總不人道；卻發現我的資訊也是從網路上看來，我講不出個所以然，而他們可能比我對這話題看過更多網路資訊……。我想像我父親在我小時候，跟孩子說自己逃難的故事，如何在九死一生活下來的故事，卻發覺我沒啥故事好說。

我們要如何，以父親的身分，將這個其實我們也只是挨在孩子身邊，跟他們一樣新奇陌生，每日都在變形著的世界，描述給他們聽呢？

我的兒子們，現在一個十六歲，一個十四歲了。

有一次我問他們：你們記不記得小時候，我開車載你們在蘇花公路繞啊繞啊，阿甯咕還吐得後座全是。後來我帶你們去一個磯崎海水浴場，你們一直衝向海浪，說好好玩？
他們說：「其實我們記得幼稚園的事，都是你後來回憶說給我們聽的。我們記得的是那個你說的回憶。」
所以你們記不記得，有一個海灘，到處都是乾死的河豚屍體？
所以你們記不記得，我們那時住鄉下，有一隻狗叫妞妞（牠後來死了）？另一隻狗叫阿默（我們後來搬進城裡，把牠送給我一個好朋友養了）？
你們記不記得，墾丁有一間飯店，有一隻叫BOSS的金剛琉璃鸚鵡？
你們記不記得爺爺的葬禮？
都說是記得你描述的那個回憶。
事實上，在那些時光，那個比現在年輕一些的父親，帶著兩隻小海豹般的孩子，穿過那些場景，心中的O.S是：「將來你們會記得眼前的這一切嗎？」
像導演布置著光影翻動，栩栩如生，影像流動的一切。我總是跟那麼小的他們說：「睜大你的眼睛，好好觀察發生的一切。」我帶他們在夜市，丟著螢光橘的乒乓球，它們在不同高度彈跳著，有某顆掉進計分的玻璃杯，大部分是無效的失去彈力滾進最後頭的槽溝；或是廉價塑膠飛鏢甩向灌飽水的七彩氣球，有的會射中迸撒出水花，大部分是寂寥的墜地，或釘在木板。那就像有一天會從你們手中流失的回憶，大部分被遺留在那麼小的你們的「此刻」，無法帶到長大以後的未來。那些光影畫面會像碎玻璃飛離你們。我也是如此，我如今記得六歲以前的某幾個畫面，都是八歲，十歲，十一、二歲，某次偶然回想，或當時聽父母兄姊說起，似乎有那麼回事，然後像駱駝攜帶水壺，一段一段載運給下個階段的自己。而記得的，其實少得可憐。
所以我，那個告訴兒子「這一切都是個大遊戲」的父親，像一個紀錄片導演，不，像一個畫面外吸菸守著不讓他們眞的被危險吞噬的遊樂園管理員嗎？以爲這一切，一切的一切，是孩子們他們眼睛拍攝下來，將來在他們自己腦海播放的影片。沒想到最後他們其實大部分忘記了。那個只是在一旁陪著耗著的你，卻記下來了。

有一天傍晚，我們過馬路，如常打打鬧鬧，我突然從迎面一對母女詫異的眼神，意識到，啊，這兩個孩子，個頭都比我高啦。無論我再怎麼捨不得，假裝是那個和他們嘻哈胡鬧的玩伴，好像我是守護著兩小屁孩的父親，他們終已像從河流中走出，甩著滿身水珠的年輕斑馬，要進入他們的成人時光啦。那時腦海中突然冒出這句：「願我們的歡樂長留」。
《聖經》傳道書說：「生有時，死有時；栽種有時，拔除有時；殺害有時，醫治有時；拆毀有時，建造有時；悲傷有時，歡樂有時；哀慟有時，舞蹈有時……」，這多麼美。陪伴有時，但每個人終要孤自去面對自己的旅程。總是會有不順利，被傷害，疲憊，超過自己想像的痛苦或憤怒的時刻。願我們的歡樂長留。很多年後，我或已不在世上，他們若能在某些惶然，哀傷的黑夜，突然心底莫名的像有一音樂盒的簧片輕轉，好像被偷偷存放了一張小紙條，提醒他們讓自己快樂，給別人溫暖，擁有關於愛的修補和創造力。這或是我有幸在生命這段時光——嘻耍胡鬧，說不清是我讓他們依靠，或是他們療癒著我——那祕密的許願。

〔代序〕訪問大人物我的爸媽　阿甯

從小到大，在我的心中，我父親一直是一個謎樣的人，不，不該這麼說，他令人感到困惑的是他的生活。他是一個奇怪的人，微微禿頭，一嘴鬍渣，最令人稱異的是他那如皮球般突起的肚子，他常說，這是他逃兵時，不停狂吃，想增加重量達成的後果。他言語荒誕，晚出晚歸，整天只是坐在電腦前沉醉在他的臉書中。讓我納悶的是，外面對他的書評價似乎不錯，也總是得一些奇怪的獎回來，「紅樓夢」、「台灣文學獎」呀諸如此類的一些東西，很讓人困惑，但事實擺在眼前，也不由得我不信。

幾次，也僅僅數次，我曾看到父親在他那髒亂的書房中埋頭寫作，上千本書亂無章法的擺在書架上，香菸的煙氣似山中雲霧般冉冉上升，平時的不正經似乎一一拾起，收入心中，房中一片莊嚴肅穆，雖僅數次，但這個場面漸漸烙在我心中。隨著我年紀的增長，父親帶我去正式場合的機會越來越多，每當父親拿出那厚厚的一疊稿紙時，我的驚詫更甚，他哪來的時間？後來，我才知道，每天我去上學時，他都會到旅館去從事寫作……

輯一

你是吉丁米嗎？

好孩子

今天帶兩呆兒
去龍山寺，保安宮，和孔廟
拜拜還願
我帶著他們
跟廟門外阿婆買小香花
龍眼乾、小甜米糕、孔雀餅乾
在角落小販賣區
買了香、蠟燭
煞有其事，一副很瞭很懂行道的樣子
去一旁洗手台拿那種褪色粉紅大塑膠盤
盛著供品，擠進其他供盤（好像都是阿婆的）之間
帶他們去點香
然後一個一個主神的神龕拜去
我逐一跟他們解釋
這是觀音菩薩，這是媽祖娘，這是文昌帝君，這是水仙
尊王這是三官大帝，這是關公恩主公，這是註生娘娘
像那是家族祠堂的一個個熟識的老人們
我恭恭敬敬，借那廟宇、神像、香爐的嬝嬝白煙，肅穆
持香禱告的人臉
訓斥小兒子
「阿甯咕，香不要亂甩！神明不能開玩笑的！」
他倆也被這環場的氣氛鎮住了
一臉老老實實的

哈哈
我在更小更小的時候
九歲十歲吧
就和我哥我姊，跟著我母親
那樣從永和搭公車轉場
這樣乖乖，被喝斥 一尊尊持香拜著那些
煙霧後面，華麗神祕，不可輕慢的神祇了
眞的像老親人一樣熟識啊
沒想到現在我變成一副「主祭官」的模樣啊
我如果亂編，說拜拜完要兩手拉拉耳朵
像小猴子那樣吐舌頭
他們也會相信，照做吧？
哈哈，這時又找回當父親的尊嚴啊
後來在保安宮
小兒子實在撐不住那調皮的靈魂
去搖那長長，薰黑的竹籤筒
我還要他抽了一支籤要先跪著
擲筊，問神明是這支籤否
後來大兒子也好奇去抽了一支籤
很奇怪，兩個都抽到「27」籤
籤詩是

一文欲換兩千文　誰道斯言是妄云
富貴榮華天與汝　歸期喜鵲噪紛紛

他們問我「這是什麼意思啊？」
我想了想

「應該是要我們去買張刮刮樂吧？
一百塊中二十萬」
後來走出廟外
在他們阻止、反對聲浪下
我還是去買了一張
果然又槓龜了
但我還是很開心
「總之你們都抽到好籤，表示保生大帝說
你們是好孩子」

成功的推理

我有一條及膝短褲
那種硬卡其布的
是從去北京前（所以是五月初？）
在大尺碼店買的
因爲實在太鬆太寬大了
（連我的大肚子，它都還可撐開一手掌寬的空隙
想原來外國人的胖子，還天外有天啊）
穿起來太舒服了
所以我一直不願意換穿別條褲子
前幾天回永和老家
正和母親、兄姊哈啦
我娘說「你多久沒洗澡了？
爲什麼我一陣頭暈？」
我說「我天天洗澡啊」
我姊說
「可憐的弟弟難道大便失禁自己都不知道嗎？
眞的有一股惡臭啊」
後來我發現原來是那條短褲一陣一陣發出的
仔細回想
這褲子有兩個半月沒洗啦
就是傳聞中的霉乾菜嘍
（就不回述我被母親斥責的畫面了）
回家後我知恥把它丟進去洗衣機

連籃子裡一些髒衣服一鍋洗了
隔天晾衣服時
拿起那條洗過的大尺碼短褲
聞一聞
嗯……怎麼還是有濃濃的臭味
只好單獨丟它下去倒洗衣精再洗一次
這次洗完，喔，聞起來清潔芬芳
這且不表
第二天
我們一家一起去吃飯
妻皺眉頭說
「阿甯咕，你身上怎麼有臭臭的味道？」
小兒子低頭聞了
「欸嗯，眞的！有臭大便的味道！」
我也湊鼻子去聞
「對吼，這就是我那條霉乾菜短褲發出的臭味嘛」
我稍解釋了一下那條短褲的製作過程（好像在講臭豆腐的滷水喔）
「什麼！爸鼻，你把我們的衣服和你那條大便褲子
一起洗！」有潔癖的大兒子崩潰大喊
我委屈的說「我沒有大便在褲子上
那只是汗水的結晶鹽」
整個晚餐，還有回家的路上
小兒子都露出當初雷寶呆被閹了的
怪怪的表情
好像被自己身上穿的衣服的臭味
弄得很自卑

妻說「阿甯咕好可憐」
我鼓舞他
「不要這樣，你身上散發出爸爸的氣味
這是父親的愛啊！
多MAN的味道啊」
不孝子說
「殺了我吧，好比掉進糞坑啊」
回家後他當即把那件屎ㄆㄨㄣ味之衣
丟進髒衣籃
跑去淋浴
（我心想，你平日不是也是髒派的嗎？
幹嘛一副跟我劃清界線的樣子？）
我去後陽台聞那些晾著的衣服
奇怪都沒有那屎ㄆㄨㄣ味
為什麼只有他那件沾到超強臭味呢
後來我們討論、推理的結果
就是洗第一鍋時
小兒子的那件衣服
在水流漩渦中，形成一個泡
將我那條濃縮乳酪之褲包裹起來
在水流中旋轉
犧牲自己
救了洗衣機裡其他的衣服
我滿意的說
「很好，眞是一次成功的推理啊」

口味

妻兒們從日本回來了
後來去了京都
因之帶回許多高雅，彷彿有灑金箔印象
的美麗點心
我淚眼汪汪吃著
這也吃一口，那也吃一口
眞是肥仔不出門
能吃天下食啊
聽他們說著去看了啥啥啥啥啥古剎名寺
吃了啥啥啥啥的夢幻美食
我根本不很認眞聽
就像個獨居老人「啊！人回來就好」
嗚呼呼呼呼
沒有小奴隸使喚
得自己拖狗尿撿狗屎的日子
好累啊
這時
妻拿出兩小罐漂亮玻璃罐的彩色糖果
紅橙黃綠藍靛紫
小橢圓形軟糖
「這是在哈利波特樂園
阿甯咕看到一定要買給爸鼻的」
「哦？這樣乖，還記得可憐的爸爸愛吃糖

不錯不錯」
我抓了幾顆放嘴裡咀嚼
然後抓一把扔進嘴裡
最後把剩下半罐都倒進舌頭上
夸茲夸茲亂嚼一頓吞了
我仍開心跟他們講這幾天
小端太思念他們
整天ㄍㄧㄍㄧ哭的事
發現他們全睜著大眼觀察我
「怎麼啦？」
「爸鼻你沒有覺得怪怪的嗎？」
「沒啊？」
然後他們互望一眼
露出欽佩，恐懼的神情
小兒子說
「您老是怪獸吧？
是綠巨人浩克吧？
那罐糖是整人糖果耶
裡頭的口味有
嘔吐物口味、鼻屎口味、辣椒口味、耳垢口味
臭蛋口味、蚯蚓口味、肥皂口味……
怎麼可能你全吃下去都沒感覺？
你平常就有吃鼻屎的習慣吧？」

一代不如一代

小兒子自己在客廳
看一不知哪來的搞笑DVD
看了大約覺得不好笑
忿忿的關了電視
爛躺沙發上
像老頭那樣議論著
「唉，一代不如一代啊！」
我走出書房，對他說
「以前我小時候
看電視時
也和你一樣大發議論
我說『好爛喔』
爺爺就會痛斥我
『不掂掂自己的斤兩
你個小孩子自己能拍出那樣的東西嗎？』
你看看你爸爸這麼慈祥
只會跟你說
『用心看還是可以看出它的好』（變成海公公的聲音）」
小兒子好像解不了氣
拿出魏龍豪吳兆南來聽
還是像個老頭呼嗤呼嗤笑
我也在一旁聽了（是「趙子龍老賣年糕」那集）

眞的好好笑
後來他聽完一集
一臉心滿意足
我們一起傻坐了一會
小兒子說
「爸鼻
我是不是給人一種壞學生的印象
這幾天考試
我的成績考的不賴
我同學都問我是不是抄前面同學的？
還說我是賽到的」
我不知他這麼說是惆悵還是暗爽
我說
「這不賴啊！
你爸爸我以前是
給人的印象就是班上最後一名
結果考出來
眞的就是最後一名啊！」
小兒子說
「啊！
所以眞是一代不如一代
您老同學的辨識能力
就是比我同學強啊！」

父親節

1

我說
「兒子
以前的我不是這樣的啊
我也曾是個有爲的青年
下次遇到爸鼻學生時代的朋友可以作證
你爸爸年輕時可是兩眼炯炯有神啊
是爲了保護你們
才變身成德古拉伯爵啊」
小兒子說
「爸鼻，我懂，我原本是愛因斯坦的料
就是十一年前我亂哭不停
你發飆把我像搖搖冰那樣亂搖晃
害我龐大的腦容量變稀了
變不成愛因斯坦啊」
我說「放屁，你怎麼可能記得出生幾個月發生的事？
還不是我跟你講的」
「我的大腦使用量到20%
當然都記得啊」
「你敢給我幫毒梟運毒
還滲漏！」我掐他脖子
我們睡前的「白癡父子哈啦」

小兒子告訴我說
他到了新的班上
原本被老師指派爲「書籍股長」
沒想到第二天去
原本被選爲「安全股長」的同學遲到了
恰好這呆瓜悶了一暑假
興沖沖一早六點多一點就跑去學校
當然是第一個到校的
於是被頂去當每天管開室門、關教室門的「安全股長」
（說來好像全班大家都有個「股長」當？）
「八嘎，那不是每天要第一個到？最後一個離開？」
「是啊」
我說
「唉啊，所以說你呆，算了
你爸爸我是愛因斯坦就可以了
你有聽說過愛因斯坦的兒子是誰嗎？」
小兒子說「欸，那你有聽說過愛因斯坦的爸爸是誰嗎？
我當愛因斯坦
你就當他老實的父親嘛」
我說
「其實父親是很偉大的
以後你自己當了父親就知道了
他的黃金歲月都犧牲奉獻給孩子啦
欸，對了，什麼時候父親節啊？
你們應該好好幫我慶祝一下吧」
小兒子說
「爸鼻今天八月三十一日，明年父親節對不起您還要等三百四十幾天」
「幹爲什麼我沒過到父親節？」
小兒子說
「沒關係啦不要那麼自戀
我們振作一點
來迎接中秋節吧～」

2

去復健科拉腰
發現一堆老爺爺、老北杯
一床床躺著討論「父親節」這話題
「嗳沒跟孩子去慶祝父親節啊」
「孩子在美國，過什麼？」
有一位說
「孩子跟孫子過父親節，我們老頭子過甚麼父親節？」
也有說「傳個簡訊來祝快樂就不錯啦」
後來有幾個討論（其實是罵）起「電動刮鬍刀」這玩意
說起來每個老頭都收過父親節禮物的電動刮鬍刀
「爲什麼父親節唯一的禮物，就是電動刮鬍刀？
還不是洋人炒作的」聽得出來他們很氣憤
「我收藏了九個，三個子女，不同年父親節送的
一個都沒用過，不曉得爲什麼就只想到送這個？」
我在一旁心虛想
父親過世前，喔不，應說中風癱倒前
有一年父親節，我好像也去買過大特價的電動刮鬍刀
給他當禮物？
實在父親節禮物太難送了吧？

我想十年後，或更多年後
我應也會在某年收到電動刮鬍刀的父親節禮物吧？
但爲什麼是這東西呢？
譬如母親節禮物就多采多姿啊
到底，父親，或是男性，會想收到甚麼「父親節禮物」呢？
（我努力想了，想假裝混得尙可，領帶、皮鞋，或混更好的，手錶嗎？
盡是這麼無聊的東西）
不會有兒子送老爸一本美少女月曆當禮物吧？
反正這晚，這間復健科
就成了「寂寞老爸們的父親節趴踢」嘍
有個北杯問一旁忙著幫這些唉該老頭
裝電擊貼布、熱敷毛巾、綁拉腰皮帶的護士小姐
「妹妹啊，妳送妳爸爸什麼父親節禮物啊？」
護士說「我啊，我說我幫他按摩，兩小時喔
當作父親節禮物啊」
好一刻，整個空間沉默無聲
彷彿所有老爸（包括我）都淚眼汪汪躺著
超羨慕，這女兒，送給她老爸的禮物

（照片是，孩子們和他們媽
從旅途中寄來的
「小端（那隻長頸鹿很像）小雷（那隻北極熊吧但爲何黑熊變白熊？）
小牡（那隻河馬吧）祝爸鼻父親節快樂！」）

義賣

小兒子的學校校慶
有園遊會義賣活動
他之前幾天就弄得家中氣氛騷亂
總之之後把他娘捐出的一些東西
加上自己挖出的一些垃圾玩具
興高采烈提去學校了
園遊會結束
興高采烈抱著一些
賤價（因爲義賣）的十元二十元垃圾
喔不，戰利品回來
我說「好吧
看看你下手切了些什麼好貨？」
當然一些放氣癟掉的充氣呆寶劍
呆塑膠可樂杯、一顆舊藍球、呆玩具笛
這些就不說了
但有一樣玩具看起來還不賴
一隻呆鱷魚，張嘴，你可以去按下牠的牙齒
萬一按中其中一枚
鱷魚嘴會合上咬住你的手
算呆瓜版俄羅斯輪盤賭？
「這個還不賴，多少錢搶下？」
「十元」
「酷耶」

但這時一旁的哥哥發話了
「欸，這好像我們家以前也有一個？
一模一樣的？」
小兒子想了想
「欸，好像是我小學五年級那次園遊會義賣
我把它拿去賣，被一個同學買去」
「什麼低智商輪迴？
所以你那同學隔了兩年
不想要了
又把它拿來這所國中的園遊會當義賣品
然後又被你買回來？」
「我哪記得啊
難怪看著它，就覺得手癢央想搶標下來啊」
這、這……這在以前的雜劇情節
不就是〈荊釵記〉嗎？
但為何發生在這孩子和另一個孩子身上的
鱷魚因緣際會
我卻有一種阿呆與阿瓜的感覺？

去吧！皮卡丘！

昨天小兒子上半天課
他從學校回來
我才剛睡醒
我們同時大喊
「天啊！我睡到現在！」
「天啊！你睡到現在！」
然後我急急忙忙收拾書包
要帶出去寫的A4紙
穿外出褲、鞋襪
一邊呼隆聽他說著學校發生的事
我站起身，往門外衝
「好了，乖乖在家，爸鼻要出門上工了」
他悠閒地在一旁說一句
「去吧！皮卡丘！」
我正往門外衝的勢頭又拉回來
轉過頭勒他的脖子
「我在你心目中，究竟……是一隻皮卡丘嗎？！」
（怒火燃燒頭頂狀）
「好啦，不是啦，是胖丁啦」
「那是甚麼？聽起來更差？」
「喔不，是卡比獸」然後他碎碎念什麼
「懶散地不是吃就是睡。因此漸漸胖起來，也因此逐漸懶惰了——這就是卡比獸啊！」

「吃了發霉的東西也不會有事」
我怒火不但沒澆熄，被燒得更旺
「什麼卡比獸？！聽起來像雷寶呆！」
「欸，爸鼻，你知道大陸都叫皮卡丘什麼嗎？」
「阿哉？」
「叫『比卡超』有沒有很怪？
聽起來很像把筆插進鼻子，還要用那鼻屎筆抄書
香港叫卡達鴨『傻鴨』，哥達鴨叫『高超鴨』
好怪喔」
我說「好啦，不跟你扯了，你這不孝子
世界正在劇烈變動著
你爸爸我要出門奮鬥啦
不要整天醉生夢死，不努力我們會滅亡啊！
我老了癡呆了後，眞不知你會怎麼玩我？
我今天遲了，饒你一命」
又往門口衝
然後我聽見他說「去吧！比卡超」

皮帶

我去大尺碼店買的3XL超大短褲
非常寬鬆舒服
兩呆兒開學後
皆非常早出門
（尤其是要去開教室門的「安全股長」小兒子
六點就跳起來了
我都不知他有這潛力
可惜現在報紙好像不太有人訂報了
否則眞的可以叫他去送報貼補家用啊）
那時正是我剛睡沒兩三小時
安眠藥藥效正強的時光
從前我常在迷糊睡眠中
聽他們說「爸鼻再見」
等我十一點醒來時
已人去樓空
今早
迷糊間
小兒子來床畔
「爸鼻，我的學生褲
太大了，腰太鬆了」
我迷迷糊糊說
「哦……那你自己去把爸鼻褲子的皮帶
先抽去用吧～」

總之我又昏睡過去
到了中午醒來
照常這公寓只剩孤獨老爸和狗
我打起精神，揹著書包出門
要去用功
但說不出的哪裡怪怪的
走到馬路旁騎樓
突然發現原來是
我的3XL外國大胖子尺寸的巨褲
一直往下滑
我彆扭的拉著褲子
趔趔趄趄
變內八字在路上走著
迎面走來的老太太一臉好像我這人是變態的表情
我想，我的皮帶呢？
怎麼變沒皮帶呢？
變成一個麵粉袋呢？
後來才恍惚想起清晨
小兒子來借皮帶這事
我在行人匆匆的馬路上
拉著寬鬆大褲子
心裡大喊
「阿甯咕！
老子又被你婊了！」

你是吉丁米嗎？

小兒子說
「我今天早上快遲到了
喔不，是已經遲到了
急著出門往學校衝
突然路邊跳出兩個很高的外國人
頭髮金金的，推著腳踏車
圍著我，說（他學外國人講不標準中文）
「小砰友，你知道基督耶穌嗎？」
我說我知道啊
「那泥知道祂滴故事嗎？」
「喔，知道啊」
我很著急想走
但他們說「沒關係啦，遲一下沒關係啦」
然後他們說「來，跟我們一起禱告
喔，全能的神，賜給我們勇氣和力量
嗚啦嗚啦呱啦呱啦
願這個小朋友平安喜樂」
我逗他
「所以你變基督徒了？
你這樣對得起奶奶嗎？
她可是虔誠佛教徒啊？
他急了
「哪有啦，我只是怕傷害這兩個高個外國人的自尊心

後來到學校
我說我遲到的原因
有一些同學說也遇過這兩個外國人」
小兒子說
「我班上有個小屁孩
跑來跟我說
Are you kidding me?
No, I am serious.
的翻譯是
「你是吉丁米嗎？
不，我是西螺蛳 。」
我說「哈哈？但笑點在哪？」
小兒子說「對了，我忘了你聯考英文考三分」
我說「屁！我考三十幾分
考三分是考研究所那次」
說來慚愧
那次考《中國劇場史》有一題是申論《人間詞話》
我寫「王國維著，此人後來跳華清池自殺」這樣一句
這事把我那當時已打算錄取我的老師氣瘋了
這麼多年後
她還是非常生氣跟我說
「王國維跳的是昆明湖，華清池是楊貴妃在裡頭洗澡的
好嗎？
而且就算你把他自殺湖名寫對了
這題還是零分」
小兒子說
「你、你，你這種大人憑什麼指責我期中考考太爛？

Are you kidding me?
你這個吉丁米！」
我說
「咪？咪？小花貓？ me ? me ? me, too.
兒子，要學好英文啊
不要像爸爸
少壯不努力
老大聽不懂啊
有一次我在美國搭國內小飛機
我看到一個超正空中小姐從前面一排一排問乘客要吃什麼餐
我很害怕，因爲我英文太爛了，我怕丟臉
所以快靠近我時
我就眼睛一閉，頭一歪，裝睡著了
結果那一趟肚子超餓啊」

怪異的習慣

小兒子說
「爸鼻爲什麼我們家馬桶總在換新的墊圈呢？」
然後他自問自答
「因爲您老都坐著小便
您的大屁股
每坐上一次，就對馬桶墊圈的連接處
造成很大的傷害
男生不是該站著尿尿嗎？」
我說「你到爸爸這年紀就知道啦
歲月不饒人啊」
那時，我坐在馬桶上
小兒子站在廁所的門外
如果有外人看了
會以爲這是日理萬機的總裁
連撇條，他的機要祕書都在跟他作報告
事實上從很久以前
我就喝斥小兒子這種怪異的習慣
「阿甯咕
他馬的人家在上廁所你不要開門站那跟我說話好嗎？」
但後來我也習慣了
總之
今天他又站那跟我說啥（嗡嗡嗡）
他們上音樂課

有幾個同學（都是跟他一樣「比較調皮的」）
搞不清楚狀況
音樂老師要他們去另一間教室練習
結果他們幾個還是弄的一團糟
老師震怒
要他們練一首啥咪「傻瓜花園」合唱團唱的〈Lemon Tree〉
「因為我們下週要驗收
但我們練那跳舞還是亂七八糟
所以有同學提議這週五我們去找間丹堤咖啡來練習……」
我一直沉默聽他說的，聽得頭昏眼花（什麼傻瓜花園？）
「你們跑去咖啡屋練跳舞
到時候人家大人報警把你們當瘋子抓走吧？」
「不會啦
唉呀我們其實練得差不多了
就是，爸鼻
如果練完之後他們有說想去看電影
我可以跟他們一起去嗎？」
我心想，繞這麼大個彎，就是要跟小屁孩同伴出去混嘛
我以前也是用這招哄你奶奶
什麼研究功課啦
我本想逗逗他說「不行」
但這時我恰好尿完了
天冷不知怎麼打了個哆嗦
小兒子說「欸，爸鼻，您老怎麼抖了一下？」
這時我難免氣弱

「好吧，少囉嗦，去吧！但不准先去偷看掉《博物館驚魂夜3》
我們講好要大家一起去看的」
他開開心心走了
這時我想
這混帳是否又進化了？
挑老子抖尿、顫抖、氣弱時，來商量事情？
成功率大增？
還是我想太多了？

電玩展

昨晚，小兒子變得頭圓圓的
超甜，我叫他去拖狗尿或洗便當盒
他都乖順的說「Yes Sir！」
毫不雞歪牽拖
笑臉迎人
這使我起疑
「必然有鬼！」
以我多年經驗，要不他又偷養啥怪蜥蜴或蜘蛛
要不就是發成績單出現不可思議的低分再創新低
要不就是把家裡啥重要東西搞丟了或砸碎了？
以他的吊兒郎噹
這禍闖下的等級必然很高
否則他怎可能變身可愛兒童
「說！你幹了甚麼壞事？以爲我不知道？」
我掐他脖子
威嚇他
「曖呦，爸鼻，您老怎麼變一個這麼多疑的人？
我們駱家好男兒，不是該光明磊落嗎？
我本來就是拿「品德超群」獎狀的好孩子啊」
「真的嗎？」我說「別想欺瞞你精明的父親啊」
今天
出去跑了一天
快六點回到家

認眞參加寒假輔導課的可憐國三考生哥哥也已到家
因爲我要率領他們拿垃圾去丟
發現咦？阿甯咕怎麼還沒回家？
「這小子說和同學去學校做美勞作業，怎麼可能弄那麼晚？」
說著他就按門鈴回來了
一臉——怎麼說，像去看了煙火秀或獅子座流星雨
那樣臉上浮著一層光霧
兩眼像小狗濕濡濡的
「說！你們小屁孩們是不是跑去玩電動？」
沒想到他誠實以告
「我和我的好朋友，搭捷運去101附近的一個世貿中心看電玩展」
「什麼？」我非常激動
這是他第一次，自己搭捷運信義線，去那麼遠的地方遠征
我曾想過要訓練他們
想像哥哥帶著弟弟
我交給他們一個地點
讓他們自己搭公車，換不同線的捷運
腦中模糊建立對這城市的虛擬地圖
但一定帶著手機
迷路可以打給我
誰想到？他的第一次，就這樣瞞著我，就啓動了兩個小屁孩的冒險之旅？
而且是去看啥電玩大展？!
但我想
我小學時，我父母就放心讓我獨自搭公車，到當時的中

華商場、西門的中央市場
甚至我哥我姊加我，三個小孩，換好遠的公車去當時一片田的內湖阿姨家
或大龍峒阿嬷家
或和同是小學生的好友
搭公車去中和，爬山上圓通寺
好像都是稀鬆平常的事
感覺那時的台北，比較單純或安全嗎？
難道我內心其實是我不願變的那種「保護過度的父母」？
我又擔心大兒子太宅、太內向不愛出門冒險
現在這小兒子大膽去冒險了
我到底該誇他，還是拍謝假生氣，訓斥他一頓？
「但去朝聖電玩大展總是不對！」總算咕噥兩句
「但那都只是電玩裡人物的油畫展」他講的好像去了趟台北美術館
「放屁！以爲我不懂？
那種電玩展，不都是一大堆頭髮戴亮粉紅或銀色假髮，穿爆乳裝和迷你裙的辣姊姊，打扮成電玩裡的女神，小小年紀就去這種地方哦？
會去的都會變電玩宅男喔
要不然也該是你爸這樣的成年人去啊！」
我腦海浮現小時候
一次意外在中正橋下
看到露天搭野台的脫衣舞
那眞是奇異的、驚豔的仰頭的潦亂景觀啊
沒想到這樣虧他

踩到小男孩的害羞之界線
他生氣了
臉紅耳赤
「我才沒有去看那種什麼辣姊姊，爸鼻你的思想怎麼那麼邪惡？
哼！我要告訴媽迷」
晚餐時我當作件大事告訴妻
沒想到她說
「昨天他就告訴我了」
如此淡然、如此理所當然無甚大驚小怪
而且他哥原來也早知道了
全部只瞞著我！
然後他們換另一個話題
興高采烈討論過年五妹妹又要來住我們家
端端又會修理牠嗎？
或五妹妹會和牡丹聯手反抗端端大姊頭？
雷寶呆會超開心五妹妹來跟牠追逐奔跑？
沒有人理我
我內心戲困惑的想演，卻沒人理
這……
這小屁孩自己搭捷運跑那麼遠去看有辣姊姊的電玩展
這不是件事嗎？或他以後想去哪就會跑去天涯海角？
難道是我太弱了？
爲什麼他們如此稀鬆平常？

買大送大

今晚小兒子的前家教 J 老師
來家裡拿稿
我說
「我們來叫達美樂披薩外送吧
招待 J 老師一起吃吧
最近爸爸窮了點
大家好久沒吃披薩啦」
我們派出對外打電話訂外賣
最有條理，對方不會懷疑是無聊男子訂披薩整仇家的
大兒子出馬
我說「就訂兩份買大送小吧」
「這麼多？」
「招待客人要澎湃，訂！」
訂了兩大（超級墨西哥、龍蝦舞沙拉）
送兩個小的（四喜、壽喜燒花枝）
訂好後
約過了二十分鐘
家裡電話響了
小兒子說話不像跟母親或外婆
很客氣有禮「請等一下，我請他來跟您講」
大兒子講了一會
「請等一下……」
摀住電話

問我
「爸鼻
他說有促銷活動，可以買大送大」
「價錢呢？」
「比原來買大送小還便宜」
有這種事？
「那當然買大送大嘍！」
「那我們會有四個大披薩耶！」
「管他的，吃不完放冰箱
你爸夜晚暴食症可以吃啊」
掛了電話
我們討論了一陣
「怎麼這麼爽？
是阿白你恰好是他們第十萬位顧客嗎？
爲什麼今天會遇上這種好事？」
這時電話又響了
小兒子又驚又喜說
「不會吧？
不會是達美樂又打電話來
說你們可以買大披薩送超巨大披薩吧？
如果那樣，我可以打電話約我以前同學
來我們家辦緊急同學會嗎？」

複姓還是夫姓

在路上走
小兒子注意到一些競選旗子
「爸鼻
『厲耿』是複姓還是冠夫姓？」
「應該是姓耿的嫁給姓厲的吧？」
「姓厲？超酷
那若是有個姓厲的
是像孔子那樣偉大的人
大家尊稱他『厲子』
他會不會反而生氣K恭敬喊「栗子、栗子」的學生？」
我訓斥他
「你回家給我讀點書
什麼空腦袋，想這些廢話！」
然後我想起
「不准給我說
什麼姓耿的，可以取名梗犬，這種無腦廢話」
果然他已正要說
「那梗犬……」

然後他又說
「咦？那我們姓駱的嫁給姓厲的
不是叫『俐落』嗎
那我或葛格將來生個女兒，叫『駱乾淨』

強迫她長大要嫁給個姓厲的
就叫『俐落乾淨』
跟老外介紹要說
『哈囉，我是乾淨　俐落。』」
「你他馬腦袋真的是空的
欸，一個姓耿的嫁給一個姓梅的
不就是『沒梗』！」
小兒子說
「對ㄏㄡ，不能硬叫（女兒）駱乾淨
萬一是她硬不嫁姓厲的
去硬要嫁給一個姓梅的
不就成了『沒落乾淨』
好像在說雷寶呆便便喔」
我終於咆哮了
「你回去給我用功點
腦袋裝的都是稀飯嗎？」

「爸鼻
我們姓駱的
只有一種萬分之一的機率
可以拯救某個人
就是她本名賽糊
這是翻不了身了吧
大便糊耶
但若是嫁到我們駱家
就是『駱賽糊』變『落腮鬍』好MAN
救了她」

我說
「從前有的姓米的
兩女兒大的叫米依菁，小的叫米兩菁
大的嫁給姓駱的，小的嫁給姓耿的
『嗨，糯米一斤，粳米兩斤』
然後我立刻警覺說
「不准說甚麼『她倆有個弟弟
娶了個……』」
不想小兒子正就接著說
「娶了個姓田名共的小姐
家族聚會
米老太太就說
糯米一斤、粳米兩斤、啊還有米田共
大家來拍照喔！」

食品業

我走進浴室
咆哮、變臉成高智能猩猩凱撒
「NO！」（請想像是受傷猛獸的嗷叫）
我的眼前
是一桶冒煙的臭鞋子湯
而且那塑膠桶是我平日幫魚換水族箱水的「清淨水桶」
「阿甯咕！老子我跟你拚了！
爲什麼這有一桶臭鞋子湯？」
於是這厚臉皮者
跟我解釋
他們班後天要去校外教學
今天他發現他的球鞋
竟發出「爸鼻你的香港腳一般的鹹魚味」
「您老應該不希望您的孩子
在一趟旅行後受到大家的歧視吧？」
我想也對
也難得他自己想到洗球鞋
我之前去齊東詩社談詩
一開始人頗多，很感動
但一次比一次少
我內心暗想是否因那日式場地要所有人脫鞋子
靠近我腳邊坐的愛詩朋友
回去莫名頭昏、噁心感

下堂課就不來了？
「好吧……」
於是我教他『使鞋子快乾法』
這是我小時候
下雨天鞋子泡濕了
（那年代的人就一雙鞋
濕了第二天還要穿啊）
我父親便教我
撕一小張一小張報紙
揉成一小坨一小坨紙團
很密實的塞進鞋的肚子裡
超有效，放一夜
第二天鞋一定乾
我們父子正舐犢情深一起坐那揉「報紙球兒」
小兒子（頭變得圓圓的很可愛）告訴我
他的「臭寫鞋湯」之調味
他把浴室，所有瓶瓶罐罐
那些沐浴乳、洗髮精、小狗沐浴乳
「媽咪的香水」（應是指女生的乳液或洗臉的什麼吧我也不懂）
全擠一些進去（裝了臭鞋的水桶）
狂加熱水
變一桶黑色牛肉湯
把它倒掉
再加熱水（他說「殺菌」）
如此四、五桶
「最後我還擠一些牙膏進去喔」

我這時，內在的噁爛人格已徹底被他擊潰
但殘餘作爲人父的社會意識
讓我微弱的擔憂說
「你他馬你這種人格
將來絕不准給我去碰食品業
聽起來你跟做餿水油那些黑心商人他們怎麼好像？」

羅漢

姊姊今天跑去保安宮
那是我們小時候住的大龍峒
她說那個廟平日人很少
有一種神祕、清靜的「氣場」
而且她還記得小時候在附近玩的碎片光影
我對那一帶完全沒記憶了
因我們家搬到永和時我才兩歲
有一次
我一位香港的友人
她先生做了傻事
離開了她
事情過去半年多
她到台北時我帶她去保安宮拜拜
其實那一殿一殿拜去
我不知道有哪一尊神可以給她這愛別離的托起
讓她安心祂們會在「那邊」保護他
這女孩非常堅強
我教她怎麼捻香、拜拜
她也不是佛教徒或道教徒
但最後要將剩的幾根香插回主殿香爐時
她崩潰哭起來
哭的那麼傷心
但哥兒我一路帶她拜的是保生大帝（醫神）

媽祖（保佑行船平安嗎）文昌帝君（對了大兒子考前我該帶他去拜拜）
神農氏（穀物之神）關公（唉）註生娘娘（天啊眞尷尬）
我很怕她覺得我胡鬧
但意外給她好像很大的安慰和鎭魂

我告訴她
我是羅漢
她丈夫一定是去個鳥語花香的好地方
他跟我抽過菸哪
連我都被這小時候我們就住它後面小巷爛房的，這個保安宮
充滿感動
我那時有事急著先走
將她留在那裡
那些神靈們各司其職，對她面臨的孤單恐懼
生死茫茫，似也束手無策
但祂們的臉在香煙中模模糊糊的
似乎只是一群會疼愛這女孩的老人家
我說「小姑娘，來，叔叔擁抱一下」
然後我像個大狗熊把這不該遭遇這樣艱難考驗的孩子擁抱了一下
我說「妳好棒，要加油，他會到非常好的地方」
然後她突然破涕爲笑
說「駱大哥，你、你好臭烘烘啊」

名字

吃晚餐的時候
兩呆兒討論起鄭成功的本名
竟都不知
後來是他們的娘手機上網
查到，叫「鄭森」
又說起鄭成功擊敗的荷蘭總督叫甚麼？
這次竟是小兒子說起
「揆一」
於是我讓他們玩起年輕時宿舍廢材喝酒的遊戲
「有哪個人的名字有二的？」
媽「宮二」哥「孫二娘」
小兒子「店小二」
「不行！那不是個人名」
「那……武二郎！」
「他是誰？」
「就是武大郎的弟弟」
「那不就武松嗎？好吧，算過關」
我又說「名字有三的呢？」
媽「板東玉三郎」哥「吳三桂」
小兒子「楊三郎」
「四呢？」
媽「諸葛四郎」哥「亨利四世」
「欸，不錯，阿甯咕呢？」

「楊四郎」
「五呢？」
媽「山本五十六」
「那不是六也可以用這個？」
哥哥還在苦思
小兒子就爽脆的說「楊五郎」
我終於忍不住了
「喂！你不准再用這家人的名字
他馬的從楊一郎到楊八郎
感覺是網內免費吃到飽！」

調味料

睡前
黑暗中和小兒子鬥嘴
兩人都毫無睡意
後來我訓斥他別說屁話了（我自己很心虛啦）
快睡
但安靜了一會兒
小兒子又嘻嘻嘻笑出聲來
「喂！不是說快睡嗎？」
他說
「不是啦
小端在我床腳　　—
她在啃那些披薩皮」
（為什麼小狗會叼披薩皮上他的床呢？
元凶是我夜晚暴食症發作
拿出冰箱的冷披薩
但沒品只吃中心的乳酪餡料
把最邊沿啃剩的細邊皮扔下地給小狗
沒想到小端把它當睡前奶嘴啃嗎？）
小兒子嘻嘻笑，但又哀號
「好癢！小端一直舔我的腳底
舔完左腳換右腳
小端！妳不要把小主人的腳底當衛生紙
啃完披薩來涮舌頭」

我說
「不是衛生紙吧
是調味料吧
小端應該是說
嗯，這個披薩好沒味道
來加一點BB醬（左腳）
再加點胡椒粉（右腳）吧？」

大腸

小兒子說有一項學校作業
非借我的筆電不可
我「不要吧，我要回幾封很重要的電郵」
他卻堅持
「什麼作業這麼重要？
非要用到爸爸的高科技武裝呢？（其實我的電腦應該算蠻爛的）
「因爲我們這次作業的主題是『大腸』
我跟同學臭彈我爸是這方面專家
我覺得爸鼻用您老的電腦再合適不過了」
牡羊座的我受不了別人捧
雖然覺得怪怪的
但本能還是飄飄然
「還好啦
我只是一有重要演講就會拉肚子
醫生說我那叫做『大腸躁鬱症』
就是你爸這個人一點都不躁鬱
但你爸的大腸很躁鬱
這算是沾點邊
但我不是大腸專家啊」
後來我電腦還是借他用
他一邊嫌棄
「全世界最噁爛的筆電！」

（因爲鍵盤積很多菸灰，鼻屎狀的蜜餞屑餅乾屑）
一邊說
「哦～我們課本關於『大腸』的資料
竟只有『腸比小腸粗短
包圍小腸
吸收水分』
這不是在講『牡牡（我家那隻身材粗短的狗）包著雷寶呆睡覺』的畫面嗎？」
我說
「你們這個階段的報告不要太枯燥
你要不要寫點
（我一臉嚮往，舔口水）
滷大腸頭？大腸紅麵線？大腸包小腸？
有哪些店家特好吃的資訊
一定深得老師的歡心」
小兒子的臉又出現那種古代讀書人
對他不識字老父的蔑視
「爸鼻
不要吵
我查到維基百科了
嘩！好多
超多大腸的身世啊
連它的身高都有
和武大郎差不多耶」
「大腸的功能
1.儲存糞便直至可以排除
2.從消化物中吸收電解質進入血液

3.分泌粘液
4.保護作用，防止細菌侵入與疾病發生
爸鼻！
我發現，你就是我們家的大腸！」
我心裡想
作父母的眞奇怪
你的孩子平常渾渾噩噩，整天鬼混
難得他對某樣事物、某件學問
出現那麼專注，如泛著一層光的神氣
雖然、雖然
說不出哪裡怪怪的
他這麼專注的對象
是「大～腸～」
你心裡還是有種泫然欲泣的感動

創造力

去參加一個非常有趣的活動（很遠，在金山）
有個年輕孩子畫了幾個評審的照片
我把我的那幅拿回家
小兒子露出非常感興趣的樣子
說要把它放在爺爺的照片（供在我書櫃上）旁
「馬的！你把我書房當祠堂嗎？
老子我還活著！」
又說要放小雷尿盤旁讓牠抬腿練靶
但我因今天去那活動
感受到許多年輕孩子對創作，或觀看旅途中人的認真
有一些細微的什麼讓我心裡柔柔軟軟的
心情很好
就不跟他計較
「兒子，你將來要當個有好奇心、有創造力的年輕人啊」
摸摸他的頭，我就慈祥的去洗澡了
洗完出來
走到客廳
我終於又咆哮了
「阿甯咕！令北跟你拚了！」

小矮丁

說來這也怪我自己
大兒子阿白大約去年就長得比我高了
但就停在那小克兩公分的高度
沒再往上竄了
小兒子因此很長一段時光
是我們家最矮的
（究竟是小孩子的身高嘛）
每次三長一短走在路上
我總愛作弄他
「小矮丁、小矮丁」這樣叫他
他很生氣，就會去站到路旁花圃上
或騎樓人家台階上
反叫我小矮丁
但我接著嗤之以鼻
「唉，兒子總是只看見爸爸的下巴
看不見爸爸的眼睛以上
好心酸啊
爸爸總是只看到兒子的頭上面黑黑的頭髮
眞是高處不勝寒啊」
不想這半年來
小矮丁急速抽高
先長高過他娘（169）
又繼續追高

最近他走我身旁
我怎麼覺得他壓迫到我的高度感了
那天
小兒子跟我坐在那面「紀錄身高牆」的對面
跟我嗆聲
「這個暑假結束
我應該就長超過那個「發」字的最上面嘍」
然後他小聲唱著
「小矮丁、小胖丁」之歌
還說
「唉啊！終於理解爸鼻你以前說的
高處不勝寒的感覺啊
我現在有一種看你腦瓜黑頭髮看不到臉
好寂寞的預感喔」
我大喊「我還會長！」
「算了吧爸鼻
你每天去拉腰，拉好幾年也才長半公分吧」

（那些標線最高的好像是我
其實我是穿著墊超高的皮拖鞋量的
算是作弊啦
之下，較高處的線
是大兒子阿白，在長到逼近這身高前
一次次往上畫的記錄）

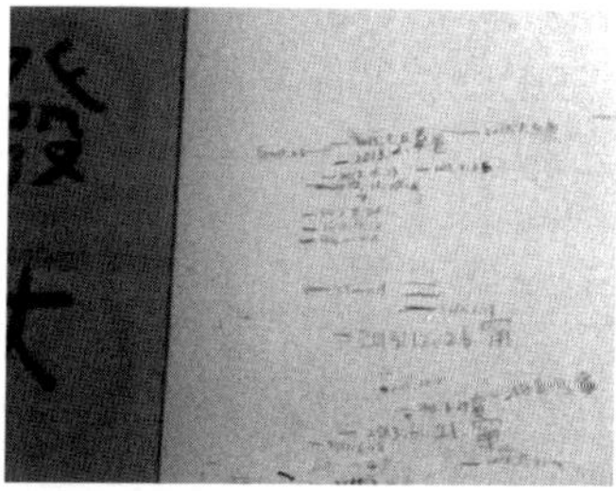

剝蒜頭

大兒子的家政課要包水餃
奇怪的是他被分配要準備的材料是「蒜頭」
我按他吩咐去超商買了一網袋蒜頭
沒想到他同學要他帶的是「蒜泥」
「啊不早說，超市買蒜蓉醬就好嚕？」
算了
父子在流理台各拿一砧板
先剝蒜頭的薄皮
剔去小小的綠芽
剖半，然後學「鬼頭師」的技藝
雙刀流
咚咚隆咚咚咚咚咚
一片碎爛，流彈亂飛
頭髮臉上都是蒜屑
我找了一只可能是刮胡蘿蔔皮的刮刀
弄了幾下就刮到手流血啦
「唉早知道弄台果汁機來打一打就好了」
說來我們父子真是笨手笨腳
「阿白，明天你們同學吃水餃
沾醬時，可能會夾到一節爸爸的手指吧？」
我打氣
「不能輸！開玩笑！你爺爺當初一頓飯就吃七八瓣大蒜
說來我們可是大蒜王的後代！」

「但爸鼻這跟剁蒜蓉好像沒關係啊？」
「是嘛？那，你奶奶的爸爸當年也是總鋪師
我們血液裡應該流著菜刀魂哪！」
不過最近食安問題讓人驚弓之鳥
總覺得這些蒜頭是橡皮擦冒充的吧
隨便一拍就彈老遠
小兒子在客廳大喊
「雷寶呆把你們彈飛在地上的蒜頭
叼來這吃
端端要搶
他把它吞了
露出吃酸梅的表情」
又亂砍一番之後
我說
「算了
他馬的，老子去買台果汁機，你倆乖乖待在家」
「咦——聰明的我，怎沒想到？我去永康街那台南碗粿店
他一旁有放蒜蓉醬啊！我假裝點一盤，然後偷倒很多到
小塑膠袋嘛
哈哈哈，我眞是家政課作業之神啊」
「想當初，你爸爸一個哥們
念實踐大學服裝設計系，他們班好像只有兩個男生
期末報告，那些女同學交的全是洋裝裁縫成品
另一個男生，雖然交了一條可恥的圍裙
但好歹也過了
就我那哥們，他，交了一條自己車的抹布……」
「結果呢？」
「廢話，當然被當了」

難得一見

小兒子寫數學作業
寫得頭趴在桌上
眼睛變得像絲襪套頭綁匪一樣
非常細的吊梢
偶爾咕噥
「發明數學作業的人是秦始皇」
這樣低沉的廢話
總之就是快睡著了
我在一旁鼓舞他
他翻白眼不理我
他母親說
「阿甯咕，先別寫了，今天先休息吧
明天再寫」
感覺原本要熄滅的灰燼
突然又熊熊火焰燃燒
「眞的嗎？優吼～」
彈跳而起
像換上金頂電池
一下幫拖狗屎
一下幫我換魚缸
一下要爬到椅子上表示他長超高
蔑視我「小矮丁！」
一下把雷寶呆頭上戴內褲

抱在懷裡假裝牠是小寶寶
或把兩黑襪各掛耳畔
吐舌假裝自己是蠟腸狗
總之，整客廳都是他快速移動的「影分身術」
我說
「唉
阿甯咕，當年你娘快要生你時
我夢見滿天彩霞，仙樂大奏
有一棵粗大的樹，冉冉從天而降
降到我們家啊」
他自戀的說
「哦？難道俺跟天空之城有關？」
我說「這事我狐疑至今
現在想通那夢的預兆
你是五百年難得一見
傳說中的廢材之王！神之廢材！
廢材菩提老祖！」

冒險日誌

帶小兒子走在常去的那條街
一家一家咖啡屋找
但周末，每間都坐滿了人
我仍然固執的拉著他再往下一家走
因爲他又快要期中考了
但他待在家裡實在太廢了
我常覺得他這麼會打發一種頹坐在固定位置（沙發）
一臉傻笑、自得其樂，兩三小時腦袋空白
將來最適合的職業
是太空人 以及停車場管理員
或少年pi嗎？（當然旁邊不是那隻老虎，是他的雷寶呆）
但這實在太不討牡羊座奮進父親的喜
史瑞克，喔不，卜洛克不是說「抬起屁股出門去」？
「你給我去咖啡屋準備考試！」我咆哮
但他馬每間我熟的咖啡屋今天都座無虛席
我因爲跟別人有約
急著走
最後無奈把他放進一家
看起來超高級
和我（更別講他了）氣質超不合的
連白開水都用高腳玻璃杯盛，服務生穿著像夢幻騎士
我從沒走進去過的咖啡屋
臨走時看他獨自呆頭呆腦坐在那眞的不該是我和他

這等人坐的皮革沙發椅，光影從落地窗斑斑點點灑落
心裡有點不忍
但等我趕去和人約的碰面地點
才沒半小時
這廢材打電話來了
「你怎麼溜回家了！」我又咆哮
「爸鼻
你聽我解釋
我不知是太好運還是太不好運
你走了不久
我覺得通風不太好
就換去外面的座位
一會兒
他們竟拿了一盤蛋糕說招待我
上面還淋鮮奶油
超高級！超好運！
我就在那舒服的氣氛下享受那高級的蛋糕
沒想到
這時
來了一個北杯
坐我身旁
拿出一根超大根的雪茄
呼嚕呼嚕抽著
像一輛火車頭
那些菸全部把我的頭籠罩啦
我只好走啦」
我簡單把他訓了兩句

掛了電話
我心中卻想
「還不錯
這小孩的內心冒險日誌
又記下了三樣對他而言，這世界的陌生事物：
獨自坐在漂亮到像『外國』的漂亮咖啡屋；
陌生人的善意；
雪茄的氣味」

胖矮丁

小兒子竟然比我高了
我不敢相信
我變成我們家三個男人最矮者
「爸鼻，從上面看你，覺得胖短短好可愛喔」
「馬的，你沒比我高多少吧，就〇・五公分吧？」
「爸鼻，我們大家出去逛街
你要跟好喔，你在下面，我們看不到你
不要走丟喔
走丟下次要牽鍊子喔」
「馬的！我只比你矮〇・五公分，我不是轆腸狗！」
客廳有小狗拉屎
要他撿，他說「爸鼻您撿啦，您離地面比較近」
馬的我竟被這死屁孩身高霸凌
不過想想以前我都是這樣對他
這半年他一直抽高，但都還是差我一段
又愛跑來掂腳比
我總嗤之以鼻，叫他「小矮丁」
沒想到這一天眞的來臨了
而且他不是叫我小矮丁
他叫我「胖矮丁」
有比這更難聽的，兒子稱呼老子的綽號嗎？
（悄悄問：聽說有一種打斷小腿骨增高的手術，不知台灣有沒有？快五十歲的人可以做這個嗎？）

終於等到這一天

我和小兒子在雨後的巷子裡歡笑蹦跳
「耶斯！」
「啊比！太棒了！終於等到這一天了」
我們做出揮動手臂快跑的動作（雖然腳下其實沒移動）
然後做出NBA球員飆進壓哨三分球
跳起來空中互碰的動作（雖然他被我彈飛）
然後我們吐出舌頭像觸電的小狗搖頭亂甩口水
一個老爺爺經過我們
「父子感情這麼好啊？現在很難得嘍。」
他走遠後
我們又忍不住笑著Give me five 式擊掌
蹦跳著
「太爽了！」
「沒錯！好日子要到了！」
「終於，阿白明天要考試了，再忍兩天
等他考完
老子又多一個拖狗尿撿狗屎的幫手啦！」
「沒錯！終於我可以脫離爸鼻你唯一的奴隸這處境啦！」

輯二

無聊男子的血脈相承

人生勝利組

我們聊起「人生勝利組」
我又一次哀嘆
「咱們這個姓，一開始就弱了
像爸爸我
當時太愛落榜
我一個哥們的父親
還跟他說
『你那個那個同學叫「落榜君」的……』
是說人也不好改姓……」
小兒子說「我有一個壞同學
都喊我『落後您』」
大兒子說起以前他們國中時
學校有一種傳說中的「五百男」
「就是考五科
每科都一百
那根本是外星人
超強！」
我說
「但你們記得
要就當『五千男』
考試差一點沒關係
就是你的胸襟、眼睛
要在這段時光，裝滿比那些考卷更多許多倍的東西

看見比別人多看見的風景
挫折的滋味，不要讓別人感到羞辱，有時搭公車看著窗外街景覺得眞美
甚至鑽進什麼小巷子迷路在裡頭
認識跟你們差異很大的朋友
感受別人的不幸、不快樂
這都是你們這年紀該發生的事
津津計較那對幾題錯幾題，沒意義啦」
我正要繼續說
他們母子仨就接著學我的口氣
「像你爸爸啊……就是個五千男啊……」
「本來講的很感人
每次一加這結論
就很爛」
小兒子說
「爸鼻
其實你國中時
是個ㄨˇ男吧？」
「你敢說老子是舞男？」
「我是說『五男』啦」
「我怎麼可能每科都考一分？
雖然我那時功課很爛
好歹我也是個『五十男』吧」

文豪

大年初四
我在我家客廳狂吼
「我不宰了這逆子，我他馬的名字倒過來寫！」
孩子的母親從書房走出
看了，掩嘴笑了起來
（好久沒看她笑那麼開心啦）
「妳說我是不是該痛扁阿甯咕？
爲什麼很像柯梅尼（年輕一輩應不認識這個伊朗人）？」
「不會啦，很像杜思妥也夫斯基嘛」
「眞的嗎？我怎麼覺得很像賓拉登去打哈林籃球隊？」
「不會啦，很像杜思妥也夫斯基，你們看
爸鼻這張像不像文豪？」
兩呆兒齊歌頌「像！超有那種fu！」
「眞的嗎？那我貼上臉書，不會造成我的新書退書潮嗎？」
「不會！絕不會！」
（幹，他們不是敵方出版社易容成我妻兒的毀滅計畫吧？）

父慈子孝

今兒陽光明媚
一家帶三隻宅狗去公園跑跑
就不追記那三隻呆狗激動拉著繩
往前亂爬、亂衝，常繩索纏在一塊的
混亂場面了
在公園裡
妻突然叫小兒子站到她身邊
然後說
「阿甯咕比我高了」
也就是這個小屁孩可能一百七十了（他娘一百六十八）
我對她泣訴
「那天我帶他倆去函函家玩
不是搭電梯到三樓嗎？
在電梯裡
我發現阿甯咕確實明顯抽高了
便忍不住說說，那因為要考高中
而不太運動，有時胃口也不好的大兒子
「你看看，不要到時候這小屁孩比你高了
你都治不了他啦！」
（我純粹是說說嘴
其實大兒子早比我高了（一百八十）
但一直停住沒再長了）
那時

在電梯裡
他倆突然暴長起來
（其實是踮腳）
從上而下威脅我
我突然變得好渺小喔……」
不想
他們的母親笑得超開心
「又愛演！你們三個……」
小兒子說
「對啊
爸鼻只假裝害怕了兩秒鐘
裝少女漫畫的眼睛『喔不要霸凌我』才兩秒
突然想拿我的頭去撞後面的鏡子
我說嗚你霸凌我
原來是我頭後面有隻小小強
媽咪，爸鼻竟然順手將親生兒子的頭當拖鞋
想用我的頭去啪！壓扁那電梯裡的小小強……」
我見風向不妙（他母后的笑臉僵硬了……）
趕緊陪笑解釋
「那、那只是一個習武者千分之一秒的反應
就看到那小小強在他腦殼後方三公分處
只是一個反應……
而且我輕輕的一個巧勁，完全沒有用力啊」
這不孝子還落井下石
「你想想還好那小小強跑得快
否則真的我的頭擠扁它
後腦勺沾著蟑螂的爆肚和腦漿

那超噁欸
我不是心靈嚴重受創嗎？
長大以後看到電梯裡的小強
都會說不出的恐懼啊⋯⋯」
妻說「爸鼻，我不敢相信你會做出這麼噁的事！」
唉
結果當然是我又被訓斥一頓
而且在挨訓後
就拍了這張父慈子孝，人威嚴狗聽話的照片啊

快慢

我在浴室外喊
「阿甯咕，洗快一點！
你答應幫我換魚缸水的」
二十分鐘後
我又在浴室外喊
「阿甯咕，你他馬洗那麼久？
有一些搖滾巨星就是泡浴時睡著就葛屁了」
「好啦，我很快就好了」
又二十分鐘後
我在浴室門外咆哮
（我聽到他在裡頭悠哉地唱
「我有一隻小毛驢我從來也不騎」）
「喂！你給我出來！
馬的魚缸我已經換好了
小狗牠們在客廳亂尿也是我拖了
你、你，到底誰是這家的老爺子啊？」
只聽見小兒子在裡頭，用一種非常低沉的嗓音說
「世界愈快
心，則慢」
馬的，馬的*%$#&@*^%

冒失鬼

沒有想到這樣的事眞的發生在我身上
今天由年輕小哥載我到吉隆坡機場
一路說笑
然後check in
掛行李
之後我們去機場大廳咖啡屋喝了杯咖啡
我問了他一些
他父親輩在馬來西亞的華人的歷史
（跟黃錦樹小說背景很像，都是在膠林裡採割橡膠的艱辛上輩人）
然後我出關
（這過程我很緊張，因我英文爛，更別說不會馬來語）
感覺檢查護照、安檢都比一般氣氛嚴肅些
我自己又心虛覺得長得像恐怖份子
總之總算過關了
我悠閒地到免稅店挑選巧克力
想作爲兩呆兒這次勇敢撲滅火災的獎勵
「是買大象圖案的呢？還是七彩繽紛口味多種的呢？」
原本挑了一包大盒的榴槤巧克力
但上面有標示警告
好像說勿造成怕這味道之人的困擾
遂放回
然後我去找免稅菸

但發覺馬國在香菸上的恐嚇圖案
比台灣殘虐噁心多了
那些腐爛的肺、塌癟的嬰孩屍體、圖片都超大超特寫
我掙扎半天
決定不買
就是這時
我聽到那廣播航班的各種英文、馬文
空中錯織的聲音
有LO YI CHUN這個音
還想晚上回家跟妻兒唬爛
有航空公司名字跟我很像喔
之後又往另一方向走
想找吸菸室
這時
聽到廣播
「旅客駱以軍，請速至C35登機門登機」
我立刻理解怎麼回事了
我弄錯時間了
現在兩點十五
飛機兩點十分起飛
我以為現在是一點十分
我立刻推著那機場小推車
在機場那兩旁盡是世界名牌櫥窗的長甬道狂奔起來
跑了半天發現我跑錯方向（到C1）
掉頭再跑
跑上那種平面移動履帶
一邊跑發覺我跑的是反向的履帶

（於是很像一個推著菜籃的胖子，把機場電動步道當健身房跑步機在玩）
我猜那些擔心恐怖分子的各國旅客
一定都被我的氣勢嚇壞了
總算（好遠，他馬好遙遠啊）
跑到了C35登機口
那一刻像電影慢動作的畫面
（一旁一些空服裝的美麗馬來女孩，他們都一臉等你快瘋了的表情）
我奔向他們
一位拿著對講機的航空公司的地勤人員
對我說
「啊！我們一直在廣播你
現在不行了
你不能登機了」
我求他
「不行啊！你行李已被退出去了
你現在要重新出關
退回之前check in的櫃檯
再重辦明天的機位
機位也滿了
要補位看看」
不——！
「我英文超爛，我沒法這樣一路關卡再退出去啊
求求你
我行李不要了（我還看到飛機靠在空橋邊）
可否讓我這樣爬上去」

「不行啦，整個飛機起飛的程序都很嚴謹啊
我們也在等跑道空出來
就要飛了
艙門剛剛就關上了
（他瞄見我小推車上的巧克力）
你還去買巧克力？我們剛剛全急著在找你」
那時
我腦海浮現《航站情緣》這部宇宙衰咖的電影
我知道我會困在這機場一晚了
說不定我因某種宿命的老出錯
會像電影裡那流浪漢，一直住在這機場裡
我打電話給妻子
說我今晚回不去了
這時我發現我是個家烏龜
我超想回家
我覺得我好像很丟人一隻大熊在語言不通
異國機場哭出來了
（我超恐懼這種卡夫卡情境，不，我此刻的心情
像《地心引力》的珊卓布拉克，喔，我要回地球！——
雖然這樣好像太愛演）
我說
「我是不是進入衰運期啦，他馬什麼怪事都給我遇到啦」
妻非常沉著安撫我
「你安下心，家裡都很好
你就先住機場的旅館，明天要補位再補位
不要慌亂
請航空公司的人幫忙
他們會協助你的」

後來
我的貴人出現了
這位華航地勤的張先生
長得很像莫言（真的）
他送走飛機後（閘口關閉）
他像帶領一隻老流浪狗
帶著我，先到機場鐘點旅館
幫我嘰哩咕嚕跟櫃台小姐問
原本很貴，是算鐘點
十二小時要六千塊台幣
他幫我用華航員工優惠
只要三千塊
（原本想省錢，要在機場睡沙發，晃到十二點，進住，清晨六點要走）
而且他幫我殺到十五小時，後來變
我可以就入住
到明天早上十點退房
他幫我弄到明天的班機（其實已爆滿了）
有個位置
而且我不用再出關去重領回行李了
他幫我直接掛明天的那班機
他不斷打電話幫我處理，連絡這些事
然後帶我去華航的貴賓室
招待我吃水果，還打包飲料
嗚
我雖然長這樣
但這時我的眼睛完全是少女漫畫眼睛
他是個正直溫暖的人

這時我的打屁天線又打開
問他的身世、家裡
他就是和我之前認識那些馬華作家們
一樣在這出生的，遷移者的後代
這兩天我聽了許多不同文學創作者
跟我說他們成長的故事
父祖輩回憶當時日軍屠村的悲慘故事
馬國在許多政策、歷史、教育、對華人的隱形歧視政策
這裡的老一輩人離散奮鬥的故事
結果現在我在這科幻場景裡
這個遷移者後裔
被他沉穩的，保護著
我喊他「恩公！」（我實在忍不住就要寶）
這好像嚇到他，害他靦腆
他說了一句非常古老的話
「別這樣說，天涯若比鄰」
等一切定下來
我住進這個機場的鐘點旅館
又打電話回家
妻聽了狀況也安心了
說等等，阿甯咕要跟你說
這時我又恢復臭屁，尾巴翹起來的本色
對電話那頭的小兒子說
「爸鼻今晚要在機場裡大冒險嘍
很厲害吧
我就住在機場裡面耶」
他在那頭只對我大喊了一句
「你這個冒失鬼！」

逃生門

回來了
很賽
手機掉了（我可愛的胖胖的iphone3嗚）
去的時候還因台胞證過期
無法進廣州
還像傻瓜坐計程車從桃園機場趕回家裡拿身分證
再趕到機場
飛深圳
再從深圳搭車到廣州
但一路遇到一些非常好的人
也聽了些溫暖，或悲傷的故事
最後從北京飛回台北
還受託幫人帶兩顆像小玉西瓜那麼大的蘿蔔給台灣的
一位「哈蘿蔔」前輩
因之機場過關都心裡怪怪的
看到可愛的緝毒犬走來
我都遠遠繞開
其實我行李箱就兩顆大蘿蔔
自作聰明櫃台劃位時
請他們給我「逃生門」的座位
（因為前頭沒椅子，腳可以很寬敞的伸直）
結果人算不如天算
會也要求坐逃生門旁的人

也是胖子
我左邊坐一比我size放大再二分之一的老外胖子
右邊坐一像我失散多年兄弟的胖子
我被擠在中間
超擠
中間我一直想把可看電影的一支螢幕
從座椅下的金屬桿拉上來
但擠在座位間
又怕騷擾到兩旁
一直扭來扭去，拔不起來，還喘氣
這過程胖身體還按到閱讀燈和召換空姐的鈕
後來我放棄了
那老外胖子還幫我忙
成功了後還拿耳機給我
但我又裝不上那耳機的兩小圓球黑布套
在那自暴自棄弄了半小時吧（幫機上耳機裝上怪怪的小黑球套）
又怕丟臉
就假裝已戴上很成功在看螢幕上的電影
（一部日本片
演一衰咖武士
新接任務保護他的幕府大老老爺
卻遇上狙擊
武士刀卡住拔不出來
害老爺在轎裡被殺了）
我完全聽不到配音
卻裝作很享受的樣子

過了好一會
那好心的老外胖子又發現我的耳機線根本沒插進椅臂旁的插孔
掉到他那去了
還嘰哩咕嚕說明幫我插進那插孔
總之我想，我根本就是個豆豆先生吧

頂嘴

小兒子最近很愛跟我頂嘴
我問他
「你用阿公給的水晶肥皂洗澡效果如何啊？」
他說「水肥！」
我說「雷霸龍今天獨自打敗了公牛隊」
他說「雷寶呆教他弟弟雷霸龍怎麼打籃球的」
完全沒意義的耍嘴皮
今天我跟他說
「你知道嗎
北韓有個軍方第二號老大
很大咖了吧
因爲打瞌睡
跟金正恩頂嘴
被金正恩處以『炮決』
就是拿高射炮射擊這個剛睡醒亂頂嘴的傢伙
媽啊整的被打爆、碎裂」
小兒子似乎被那畫面驚到了
「眞的假的？」
「當然是眞的
所以你要改一改愛跟父親頂嘴的惡習
我是沒關係啦
但人生際遇難說啊
萬一有一天你長大了偏偏跑去北韓

金正恩在訓話你忍不住頂嘴
或是遇到類似這種不准頂嘴的上級
你又忍不住嘴癢央亂頂一句
那可是炮刑伺候啊」
「嗯」
我看他難得沒頂嘴
很滿意今天的庭訓成果
「好啦，那早點睡啦
你爸爸今天累啊
今天就不洗頭了」
不料他用台語唱起
「臭頭仔洪武君～～～」
我咆哮
「又頂嘴！
看我拿電蚊拍來電刑！」
但我心裡驚異
他為何會唱這一段
這是我小時候電視播的，楊麗花歌仔戲
演朱元璋故事的
是誰教他唱這個的？

朋子

晚上帶小兒子回永和母親家
路上跟他抱怨
「爸鼻的臉友說爸鼻『不是胖，只是容易被看見』
『不是胖，只是比較大隻』
『不是胖，只是瘦得不明顯』
（眞的那麼不明顯的瘦嗎？）
這什麼意思啊？
你說，我是個胖子嗎？
誠實說，我不會罰你抄書」慈祥的臉
小兒子一臉認眞思考了一會
「爸鼻，你不是胖子」
「哦？」作為父親的眼睛變成少女漫畫眼睛
「你小子有眼光！我也這麼想！我只是愛吃了一點」
「爸鼻，你不是胖子，你是『朋子』」
我聽成「盆子」
「那是什麼？」
「『胖』是半個肉，這無法形容你
你是兩個，乘以二的胖子
所以就是『朋子』啊」
我終於還是毀約，抓狂怒吼命令他回家立刻給我抄書

正面能量

與老友相逢
聽他談著「正面能量」這件事
便利超商外白漆鐵桌座，抽菸、喝咖啡
分別後我獨自在街上走了一段，沉思他所說的
我想
這些年我發生了好多事啊
但很多時刻我的心智好像還停留在
三十出頭那時，好像這些應會摧毀人心志的困境
都沒發生過一樣
或是因爲我是個廢材嗎，呃不，正面能量者嗎？
我的哥們都說我是個正面能量超強者
我總像橄欖球隊員那樣鼓舞人
但這麼正面能量的我
其實眞實世界裡
蠻常帶賽的（喔，簡直是個屎克螂）
照《祕密》的理論
這麼超強宇宙正面能量的我（簡直就是556跑到眞實世界啊）
我的正面能量，遇到大廈因自己手靠一下就崩塌於面前
還能豪邁「哈哈哈哈，沒關係，我下半輩子可以打工賠償這棟大樓。」
這麼強的正面能量（至今只遇過一正面能量打敗我的對手，就是我的小兒子啊
他應該是小學生郊遊

參觀核能廠園區，不小心尿急撒泡尿在某牆角
就發生核爆，蕈狀雲昇起，還能「哈哈哈哈」豪邁笑的
那種人吧？）
但為何，我還是常遇到倒楣之事呢？
這不符合《祕密》這本書的理論啊？
我可是每期威力彩買時
那正面能量簡直就已當中頭獎在規劃
要給哪些窮創作哥們「神祕的一筆匯款」
但，幹他馬的為何至今還是只中一百塊？
莫非我的正面能量只是一種低階形態的正面能量
（就是自嗨，不解賽運，不擋天上砸下來之花盆，這種
級數的忍術嗎？）
不過說來我真是無聊男子
有一天我在咖啡屋外吸菸區寫稿
遇見另一位昔日老同學
感覺他混的超好
進室內坐一桌年輕妹，好像都是他手下，一臉崇拜
但我很無聊，走進去上廁所經過時
就跑去鬧他說「欸！上回我們一起去治療攝護腺
後來你有沒有好一點啊？」
弄得他想打我（年輕妹都笑很開心）
今晚意外和快要考升高中大考的大兒子在客廳獨處
我把腦海中，這一大段關於「正面能量無用論考」的想法
滴滴嘟嘟跟他說了
自從他每天晚自習後
我們父子好久沒交心談天啦
但我說完我的疑惑後

這個我晚年會照顧我但口氣不好的大兒子
冷淡地說
「爸鼻，聽起來你跟阿甯咕
不是強中更有強中手的正面能量
是青出於藍更勝於藍的厚臉皮和耍廢熊厤吉吧？」
這……這就叫青春期叛逆期吧？

爽爽們

1
今天帶兩呆兒去看《美國狙擊手》
看完後
我們走在夜街上
我說
「所以你們的爸爸是個好父親啊
看看人家的父親
都不回家，整天在混戰場
你們看我都陪在你們身邊」
小兒子說「爸鼻，那是因爲你是無業遊民啊」
大兒子說
「爸鼻
如果是爲了這種感想
您好像不需看這部片
看《獅子王》就有啊」

2
小兒子咆哮
「爸鼻！
我們家冰箱的空間
除了您的爽爽們
可以留一些空間給我們小孩的零食嗎？」

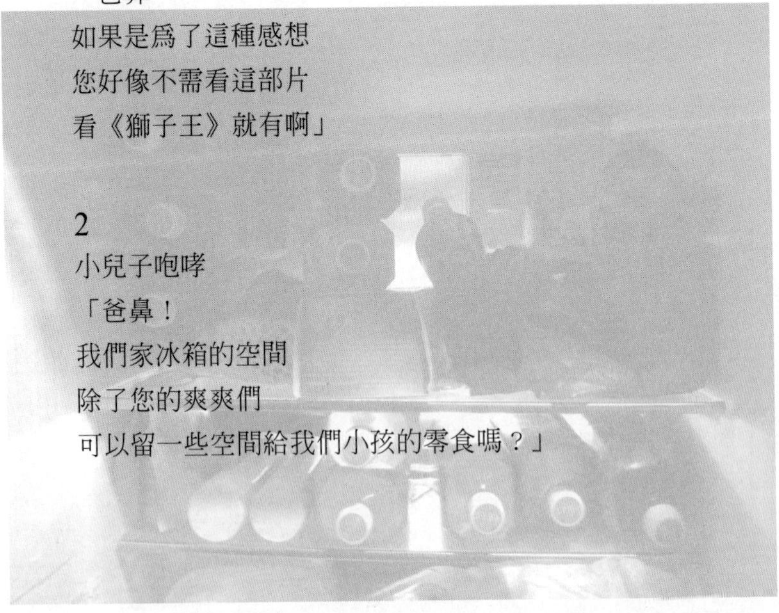

孝悌楷模

小兒子回家說他當選「孝悌楷模」
「不會吧？你這不孝悌的傢伙！」
「我哪知道？」他無辜的說
「我只是生病請假了兩天
同學就陷害我，選給我」
後來我帶他回永和看奶奶
坐到一台計程車
那運匠搭訕說「你跟你兒子長好像」
碰到這種搭話
我自動切到這話題的模式
問對方有小孩嗎？多大了？
他說他兒子二十歲了
我這時一定接口說「好命啊！苦過來了」
他冷笑一聲
「好命？我好不容易離了婚
真是噩夢一場
幫前妻還一大堆債務
小孩也是我帶大」
他接著說「我跟我兒子說
三個原則
不要結婚
不要生小孩
現在這個世道

你生小孩來這世界
是讓他受苦嘛
不要和我住一起
你不搬走
我走！」
這實在讓我不知該怎麼接話
「啊你小孩是交到壞朋友？」
「整天收到刑事訴訟通知
你說我怎麼辦？
過好日子，享受
自己不努力
高中我讓他報名了四所高中喔
還有一所五專
報名費都交了喔
念半個月就說不去了
五年嘍
我夠了，家裡新制服一大堆
沒有一間去念
我說你去上學
他說你幫我買賓士我就去上
賓士耶
我這樣開計程車累死了，他要開賓士，眞是夠了
我還要還前妻的債
我太累了
夠了，五百多萬喔」
我只能喔喔稱是
「我現在的人生哲學是

不要去扛別人的人生
太可怕了
我自己讓我自己稍微過得像個人可不可以？」
他一路開得十分莽撞
在泰順街裡衝
好幾度我都覺得他會撞到人，或對向的車
「我現在搬出來了
我開始要動了
賣二手車，那是我老本業
但跟那逆子住一起，我老本會被他吸乾
之前我鑑定一台好車
他說他朋友要買
哪個朋友，一直鬼都不見
他每晚開出去兜風，載女孩子
他沒駕照喔
撞到人你說我賠得起嗎？
他母親的債我還了十年才還清
現在又要還兒子的債
我只有搬出來才能擺脫他」
下車後
我和小兒子都靜默著
為那人那麼深的憂鬱和絕望
所感染
我不知道怎麼跟身旁這小屁孩解釋
生命並不總是歡樂、無憂
有時有些人，就是硬被生活本身給壓垮啦
有很長的一段時光

在你剛出生的那段日子
我爲經濟所苦，創作未來的不可知所苦
凶險的人世而還抓不到怎麼回事怎麼給自己打氣所苦
有時獨自開車往深坑
眼神可能就跟這個絕望的叔叔一樣啊
那時壓在我書桌墊下
其中一張紙條
就是抄著臺靜農的話「人生實苦」啊
（我內心壓下的OS是：臭小子，其實我要謝謝你啊
很噁爛的，像那個啥英文歌，你是我的陽光
不是一個比喻
而是在生活的波光碎影裡，眞的點點滴滴
充滿好奇和善意
你演繹了，不必往層層累聚的暗影裡怨忿
連你那麼個小學生，都做得到讓我這大人傻樂
不要自苦
在某個換日線，我決定〔不要輸你〕要回應給你一個
也對分崩離析的世界
不驚惶，不虛無，不把上一輩的灰暗心靈債務，還過給你
而儘量每天充滿元氣的父親）
我說
「阿甯咕啊
說來你眞是孝悌楷模啊」
「對阿
我都不會強迫你買賓士車給我」
「爸鼻
我發現每次遇到這種司機講話很激動的

你都會唯唯諾諾的」
「啊我能怎樣？那個叔叔說著都快哭了」
小兒子說「他一直從照後鏡看我的表情
大概是怕我覺得他怎麼可以勸你不要兒子
但我不就是『兒子一族』嗎？
我只好對著照後鏡，他看的時候
就做出很認同他，他說的很對的臉」
「太對了！眞沒白教你！」
我們又經過那間文具店時
他又心歪歪想買那五角抽蜜蕃薯
被我嚴拒了
他便一直在我耳邊，像蒼蠅嗡嗡亂喊
「給我賓士，我要賓士」
幹，後來已走過快兩百公尺
我一轉念
還是帶他回頭買了一盒蜜蕃薯
「這是給你孝悌楷模的獎賞」
後來回到家
我接到一長輩來電話
要我出去喝兩杯
正出門前
小兒子說
「爸鼻
你該不會是想偷溜走
搬出去，不想跟我住一起了吧？」

河肉丸

那天我要去吃素食自助餐
小兒子想吃鍋貼（兩家靠很近）
我就給他一百元鈔加口袋一堆零錢
叫他自己去吃，吃完來素食店找我
沒想到才點好餐坐下
他就出現在我面前
原來這呆瓜點了外帶
「你不能在這素菜店裡，打開那餐盒吃你的豬肉鍋貼啊
我們會被周圍這些修行人K爆啊！」
我要他拿著外帶餐盒回去鍋貼店吃
這小子平常臭屁
其實面對外面人還挺靦腆滴
他一臉爲難的走了
等我吃完
多少有點不安剛剛不陪他去，不夠義氣
就鑽進那小小的鍋貼店
換我坐他對面
他一邊把那些鍋貼塞進嘴裡
一邊跟我說
「爸鼻
你是不是把我同學養蜘蛛取名『媽寶』的事
寫進《小兒子》那本書裡？」
「啊我不是禁止你看？

你偷看了？」
「不是，誰想看啦！是那同學不知在哪看到這一段
很生氣跑來罵我」
「結果呢？」
「我跟他道歉啦，而且告訴他我爸是瞎掰王」
「唔……」我正剝下他一粒咖哩鍋貼的焦殼皮
沾我眼前一小碟沾醬，放進嘴裡
「道歉是好啦 但你那樣說我也太那個了……」
「爸鼻，你沾的那沾醬，還有那筷子，是剛剛別人吃過的」
「噁！你怎麼不告訴我？」
「我正要說你就吃起來了」
後來我們要離開時
我有點擔心，問他
「老闆會不會以爲我們還沒付錢？
因爲你剛是帶外帶」
走出鍋貼店後
我臭屁跟小兒子說
「你看看，老闆完全不跟我開口要錢！」
小兒子說
「啊因爲我之前就付過啦」
「不是的，付過他還是可以問一下
但你看他們就那麼恭敬的說，謝謝您
你知道我從前在道上混的名號是啥嗎？」
「嘟嘟？」
「想死啊？他馬的又提老子童年的名諱？
回去給我抄五頁書！」
我掐他脖子，後來發現路人都在瞄我們

遂又變回父慈子孝貌
「聽好了
我的名號叫
『和平東路所有店家都不需付錢的霸王餐之王』啊
簡稱『和霸王』啊！」
當你跟你親生兒子說出一金光閃閃的名號時
他幾乎要在地上打滾
那樣抱著肚子笑
說實話，你會蠻迷惘的
他說「河、河肉丸（台語發音）！」
幹，我眞想扁他

偷吃

某天，小兒子早晨起床
咆哮著
「我不敢相信！
爸鼻，你竟然把一整袋的雷神巧克力吃光光！」
我並不當回事
當然本能又否認了一陣
但我書房垃圾桶又一次人贓俱獲
「啊！怎樣啦？不就是巧克力咩？」
「你知道這一袋多少錢嗎？
五、六百塊！
那是媽咪的好友特地買來要送我和葛格的
喔，我不敢相信世上有這樣的父親～」
根據我和他多年勾心鬥角交手經驗
我覺得他根本是唬我的
「還『端神巧克力』咧，還『牡神巧克力』咧
放屁，那就是七七乳加巧克力嘛
晚上去Welcome買一袋一百塊賠你就是」
其實我根本不記得夜晚暴食症
那侉啦侉啦放進嘴裡的是啥滋味？
沒想到他哭了
「我要跟媽咪說！」
我這才知道事情的嚴重性
「不會吧？一袋那看起來衰咖衰咖的東西

要五、六百塊？
我們駱家小孩怎麼可以吃這種奢侈品
爸爸是用心良苦啊
怕你們折了福啊
犧牲自己的福分，含淚吞下它們啊」
唉處女座小孩跟你翻臉時
好像你們之前的交情都不算數啊
「我一定要告訴媽咪！」
我想到晚上，他們母子仨圍著我
指指點點責備我（「竟然哈ㄘ哈ㄘ就把五、六百塊那樣吃光啦～」
「竟然是我們家唯一吃過雷神巧克力的人」）
不免心虛
啊爲什麼要發明這種吃起來，看起來很廉價
結果卻超貴的食品呢？
那到底是什麼仙丹啦？

說來，我爲了偷吃零食
受到親人的責罵
也不是新鮮事了
有一次翻到自己高四時的一本小日記本
字跡很醜，盡寫著些很蠢、愁苦的文藝腔（那時我不是小流氓嗎？）
但翻到一頁
紅原子筆跡
字字力透紙背，字非常大顆
想是在一種受了屈辱、悲憤的情感下寫的

「我，駱以軍，在這發誓
我若是再偷吃姊姊的蜜餞和豆乾
我名字就倒過來寫！」
想是當年偷吃我姊藏在她書桌抽屜的零食
被抓到，被訓斥
覺得沒面子
故而立（假的）血書，以明志

一個蕩氣迴腸的旅程

那時
我們在高速公路上
我和J開著我老爸用可憐退休金幫我買的
一台「除喇叭不響，全部零件都硄啷響」的宇宙爛車
那是我人生第一台車
我後來回想
完全不懂車的我們父子
被那中古車行老闆騙了
他開價七萬
其實那堆廢鐵，可能不值三萬
我老爸是讀文言文的老時代人
他連我小時候回家
留在餐桌的便條紙
交代我用電鍋自己熱碗蒸蛋吃
都用毛筆寫
且一律「軍兒」開頭，通篇文言文
以「父字」結尾
還好他晚年癱瘓臥床
好像已和ATM、捷運悠遊卡、智慧型手機這世界擦身而過了
他一輩子教書，錢也總分哥們
到老兩袖清風
卻用退休金的一部分
給他的小兒子

兩件（想像中的）新玩意兒
一輛車（雖是里程表已破十五萬，年紀十年的中古車）
幫我自費印一本詩集（《棄的故事》）
五萬塊，五百本（他拿很多本去分贈那些同鄉會的老人
他們面面相覷看不懂那裡頭啥玩意的「現代詩」）
回來說那輛車
我完全不知車子要加機油，水箱要保養
因爲有個算命的說我絕不能騎機車，會橫死
老人就像那全新的，他陌生的世界
買了一輛車
讓兒子在當時在陽明山開
那次我載著 J 兩人要殺下台中
找一位我們之前森林系的學妹
她是個天才
跟我們講海德格、胡賽爾
聲音細細柔柔
我猜我倆都偷喜歡這學妹，但都覺得自己不配
（你看那年代是讀海德格的女孩才是性感女神）
管它，手上一輛破車
就像美國片兩荒野鏢客，就上路了
果然那車才上高速公路（那是我第一次開車上高速公路）
前方就ㄍㄧ哩嘎啦發出削鉛筆機十倍的怪響
我還是猛催油門往前行
好像速度可以甩掉那老廢物的濃痰哮喘
但那可怕的噪音愈來愈大聲
最後在林口交流道附近
終於蹦棒巨響，冒出白煙，嗝屁了

不動了
我們停在高速公路中間車道，周圍全像撞死辛巴牠老爸的野牛陣
那時速全一百一以上的飛車
又是上坡路
Ｊ是個瘦子
但不知哪來的神力
他在車屁股推車
我在駕駛座轉方向盤
我們像小烏龜從內線道
移至最外線路肩
那眞是險象環生，九死一生啊
那段距離我們花了二十分鐘才在車流中
奇怪的移到路肩
大部分車是叭叭叭憤怒疾風駛過，非常驚險
只有一位大聯結車，在我們後面停下，打閃黃燈
它個兒大，幫我們擋後面的瘋狂來車
（我至今感激他）
好不容易停在路肩
高速公路警車，帶著一輛民間拖吊車過來
先重開了一張罰單
那拖車費也貴到爆
但我倆早魂飛魄散
什麼都說好
警車開道，拖車將我們拖至交流道下的修車廠
一問修理，四萬五！
他馬黑店，宰殺這些高速公路拋錨的衰咖

我發現連那警察、民間拖吊車，到這黑店
根本勾結一夥的
我說那我車賣你
他說，廢鐵，賣一萬
我哪捨得啊，那是我老爸的退休金耶
總之
只好允了
跟Ｊ好哥們借了四萬（之後分期付款還他），回家又跟
我可憐母親騙五千
和其他那些罰單啊拖吊費
總之，灰頭土臉搭野雞車還是下台中
但一點都不帥了
見到海德格學妹好想跟她開口借錢喔

總之
第二個禮拜
籌到了錢
我故事中常出現的盧子玉登場了
他夠哥們（或許是無聊）陪我搭慢吞吞的公車
到樹林，轉車，再叫計程車
到達那荒涼高速公路閘道出口的修車廠
交了錢，取了車，心裡爆幹不已
把車開上回程高速公路
但好像上次的驚魂
讓我變不會開車了
嚇ㄙㄨㄥˊ了
時速約四十到五十

後面的車一直狂叭
但我好恐懼開太快，這老神仙又像上禮拜自爆了
突然想到
「啊！幹！高速公路要綁安全帶
盧子玉，我在開車不行
你手伸過來幫我拉門邊這安全帶
但這傢伙完全不知車子這玩意
長手長腳伸過正開車的我肚子
彎身過去在椅側靠門邊亂撈亂摸
我發出一巨大慘叫
「幹！你把我椅背放倒幹嘛？那是控制椅背的紐！」
我整個人往後摔仰
他又亂爬到我肚子和駕駛盤間
還碰到雨刷桿
現在雨刷還嘩啦嘩啦刷著
我像F1賽車手，幾乎仰躺著駕駛
後面的車叭的更厲害
因爲除了龜速，還蛇行
「你不要勒死我啊！」
好不容易他拉到了那條安全帶
總之我們就這樣阿呆與阿瓜
亂整、害怕的，把車開回陽明山啊
關於那段混亂，像我們在行駛於高速公路上的龜車上
練瑜珈嗎？
我一直大吼
他也回吼「你不要對我大吼！那樣我更找不到」
（我要他找到那按鈕把我的椅背彈回原本高度）

的旅程
我清晰記得，後來，阿呆與阿瓜太激動害怕了
分不出是我還是他嚇到不停漏屁
（瀕死的臭鼬鼠反應？）
那車內空間充滿著恐懼者的屁臭味啊

晚景

妻要帶兩呆兒出門旅行幾天
上禮拜我就開始陷入恐慌
一直遊說小兒子
「別去了啦，你留下來陪狗兒們吧？
我發誓那幾天絕不會逼你寫小日記」
他都虛情假意（或許他是眞的心動）的說
「對吼！其實我並不太愛旅行
我也很想留下來陪寶兒牠們」
但當我跟他母后提出這個充滿創意的想法
母后只問「你是說眞的還是開玩笑的？」
我立刻喵說
「開玩笑！怎麼可能是眞的啦哈哈！」
一旁小兒子竟背叛說
「對啊！我小學畢業都沒去旅行
將來會成爲一生的遺憾啊～」
唉
這就是我的晚景吧
孤獨老人與狗？
但小兒子畢竟視雷寶呆爲他的心頭肉
這幾天不斷處女座唐三藏
嗡嗡嗡在我耳邊交代
他們不在這幾天要幫寶呆「挖耳朵」
（這說來話長
簡言之，就是雷寶呆得了一種耳疾

帶去看獸醫
給了一種滴藥
小兒子每天很認眞拿棉花棒幫他的呆犬
挖出三四根吧黑黑的髒東西
再點藥進去）
「爸鼻，如果我回來，發現你沒幫寶兒挖耳朵
我就要把牠八天份的黑耳垢塞進你耳朵喔！」
這話在平日我聽了一定修理他
但實在離情依依（其實是恐懼暑假以來
習慣的小童工突然跑了）
我垂頭喪氣說「好啦」
這時小兒子突然拿出一袋零食
「爸鼻
這些零食這幾天就給您老
夜晚暴食症享用吧」
一大袋
裡頭除了兩筒洋芋片、好幾包維力榨醬麵
小鋁箔裝紅茶、孔雀餅乾
雖然品類怪怪的，但我還是很感動
難得他有心
「兒子，你好好跟媽咪哥葛去玩
狗兒你就放心交給我
沒問題的」
「噢對爸鼻
這袋貢品，媽咪說
是中元普渡拜拜過的喔
是鬼ㄍㄨㄟˊ吃剩的喔」
喔！我的晚景！

電扶梯

今天回家跟兩呆兒說
「爸鼻今天去參加一個場面盛大的開幕典禮
那可真是冠蓋雲集，一屋子名士啊」
兩畜生理都不理我
頭圓圓圍著他們的母親
一臉可愛，吃著他娘（非語助詞，乃代名詞）從京都
帶回來的季節限令櫻花麵皮餃子，喔不
一種包紅豆沙的，嗯，皮薄薄的
幹，就是餃子嘛
總之，在他們心中
為父的我，如果話鋒一轉
亂講
「結果原來那是丐幫要選出新任幫主
那裡坐的全是九袋長老」
或是
「他媽（這是語助詞了）結果原來我去參加了
拯救地球對抗外星侵略者大會
我右手邊坐的是鋼鐵人，他旁邊是蝙蝠俠，再過去是浩克……」
他們也一樣不在乎我臭彈啥麼內容
只是嘴角鼓鼓的，咀嚼他娘（代名詞）他媽（語助詞）
從京都帶回來的
甜餃子

「唔……唔……」
唉
歐吉桑卡好啊
不過我還是（自言自語？）跟很開心在分享京都零食、御守的他們母子仨
蒼涼的說著格老子我今天出門的經歷
「那個會場在一大樓的地下樓
中間時，爸鼻和兩個老師、一位師母（但她不是他們其中任一位的太太）
溜上樓，也就是一樓平面戶外，偷抽菸
但唯一的通道，那樓梯是個電扶梯
而電扶梯卻是朝下滾動階梯的方向
如果是我帶你們倆呆瓜
我們就逆向快跑，還是可以逆流行舟衝上去
但究竟爸鼻是和老師、師母他們在這個盛大的場面……」
這時兩呆兒和他們母親，似乎被我的敘述吸引了

「那怎麼辦？」
「沒事的，一旁站著一位警衛
彎腰把那電扶梯的一個按鈕按了
那履帶階梯就靜止了
他要我們稍候
他已將向下自動移動的電動裝置
反方向切換成向上的方向」
「這樣酷？」
「是啊，這樣就少造一條電扶梯的錢

大家要上去，就ㄨ～ㄞ～履帶朝上滾動
大家要下來，就再ㄨ～ㄞ～該，履帶換成朝下滾動
多麼的聰明」
這種景象特別合小兒子的fu
他問我「爸鼻，那萬一，同時有人要上去、又有人要下來呢？」
「你少廢話，聽我說
但是我們四個，站那兒等了很久
那應該要朝上滾動的履帶階梯一直不動
那個警衛很尷尬
說再等等，應該很快了，它馬達啓動比較慢
後來我們等不耐煩
就說，反正它現在靜止
我們就當它是普通樓梯爬上去就好啦
然後我們就步行走上去
站馬路邊抽菸，說了一些屁話
但等我們要走下去回會場時
發現那唯一一條通道的電扶梯
遲來的反應，正是朝上滾動著它的階梯們
我們看見那警衛在下面
一臉無奈
他只好又將按鈕按停
又變成一般樓梯
這次我們不等它的馬達啓動成向下模式
就直接排隊走下去」
「後來
進了會場

爸鼻我想
咦，反正現下一片混亂
我現在溜了應沒關係吧
就抓起背包，又溜出去啦
在電扶梯口又遇見那位一臉已被他要忽調上調下的怪電扶梯
弄得非常困惑的警衛北杯
（我猜他內心獨白是&*%#@&#^）
還好那時電扶梯是靜止的
爸鼻我就輕盈的三步併兩步往樓梯上爬
誰知道
我大約爬到三分之一高度時
那電扶梯開始往下轉動
那一瞬我以爲這是這個大會不准來人中途落跑的機關設計
差點哀求大喊『讓我走！讓我回家！』
（歌劇對唱「讓我走！」「不要走！」「讓我走！」「別想逃！」）
然後奮力抬腿跑，要跑的比它履帶朝下滾動的速度快
爸鼻那時，就像一隻籠子裡跑轉輪的胖白鼠啊
那混帳警衛是反應不及嗎？也忘了按關掉，停止按紐
呼！還好，我經過一番奮力衝刺
（卡通裡，此時我的腳只要用黑筆亂畫一些圈圈旋風就好啦）
（如果有配音，那應該就是「登的楞登、登的楞登」吧？
但小兒子說，才不是，是大象逃雪崩，跳踩的恫恫恫恫恫地震聲吧？）
終於跑上來啦」

認錯人

哥們小賢有對雙胞胎女兒
牡羊座
想是兩個皮女孩兒
和小兒子念同所小學
今天聽到一她們的皮事
有一天
妹妹看見姊姊獨自走在路上
她就上前
拍她肩頭，裝出大人，且無聊男子的聲音
「嗨，小妞，妳寂寞嗎？」
結果那人一回頭
弄錯了並不是她姊
是個成年女性
雙方都受到驚嚇
那阿姨發現這粗聲搭訕者
竟是一小女孩
氣沖沖訓斥她
「妳好噁心喔」
害小賢叔叔這皮女兒超窘
（漩渦——沖入洗手槽排水孔「不～～～」的畫面）
小兒子聽了這段
非常開心
說有一次他也是放學回來路上

巷子裡，前方一中年肥叔
背影跟我一模一樣
還穿及膝短褲
他也是自作聰明
上前戳他胳肢窩
裝我岳母（他阿嬤）的聲音
「ㄉㄡˋ ㄧˇ ㄐㄧㄣ～在路上鬼晃啊？」
結果那肥大叔一回頭
是個女的，肥阿姨
很生氣，尖嗓子說「喔～討厭啦～什麼肉幾斤？怎麼這樣說話？」
我聽到這裡，打斷他
「放屁！一定是你編的！怎麼可能？
我豪邁的背影怎可能和一胖女人弄混？」
「真的，我不騙你！」
「你給我去抄書！」
後來
我到廁所
背對鏡子轉頭，有點擔心
不會吧？幹又被這小子唬了嗎？
我再胖，也是虎背熊腰吧？
我的感想是
現在路上怎麼好像很多
認錯人，從後面拍錯大人肩膀的小學生啊？

無聊男子的血脈相承

永和母親家的弄子對面
一整排日式魚鱗黑瓦老屋
（我小時候弄子裡就是那圍牆內
這些老居民種的九重葛、木瓜、曇花、桂圓、老桂花樹
蓊鬱漫淹出牆外
但兩三年前
約建商終於談好，把三戶都買下
我帶兒子們每週回去進出
從挖好深的窟窿地基
粗大水管抽地下水
灌漿水泥，矗立大鋼樑
我們打打鬧鬧，經過也不甚注意（他們用綠漆鋼板牆圍
著工地）
曾幾何時
發現他們已蓋好一超高大樓
那天回家
姊姊跟我說
最近吵死啦
那些工人們，或在新的大樓水泥各樓層埋管線或樓梯吧
總之
整天聽到他們不同樓層上上下下大聲吆喝
開很大聲的收音機廣播
因爲僅隔一條怕兩公尺寬的窄弄

舒讀網「碼」上看

廣	告	回	信
板橋郵局登記證			
板橋廣字第83號			
免	貼	郵	票

235-53

新北市中和區建一路249號8樓

印刻文學生活雜誌出版有限公司　收

讀者服務部

姓名：＿＿＿＿＿＿＿＿ 性別：□男　□女

郵遞區號：＿＿＿＿＿＿＿＿

地址：＿＿＿＿＿＿＿＿

電話：（日）＿＿＿＿＿＿＿＿（夜）＿＿＿＿＿＿＿＿

傳真：＿＿＿＿＿＿＿＿

e-mail：＿＿＿＿＿＿＿＿

INK

INK PUBLISHING

讀者服務卡

您買的書是：______________________________

生日：　　年　　月　　日

學歷：□國中　□高中　□大專　□研究所（含以上）

職業：□學生　□軍警公教　□服務業

□工　□商　□大衆傳播

□SOHO族　□學生　□其他 ____________

購書方式：□門市_____書店　□網路書店　□親友贈送　□其他 _____

購書原因：□題材吸引　□價格實在　□力挺作者　□設計新穎

□就愛印刻　□其他 ______________（可複選）

購買日期：_______年_______月_______日

你從哪裡得知本書：□書店　□報紙　□雜誌　□網路　□親友介紹

□DM傳單　□廣播　□電視　□其他

你對本書的評價：（請填代號　1.非常滿意　2.滿意　3.普通　4.不滿意）

書名_____　內容_____封面設計_____版面設計_____

讀完本書後您覺得：

1.□非常喜歡　2.□喜歡　3.□普通　4.□不喜歡　5.□非常不喜歡

您對於本書建議：

感謝您的惠顧，為了提供更好的服務，請填妥各欄資料，將讀者服務卡直接寄回或傳真本社，我們將隨時提供最新的出版、活動等相關訊息。

讀者服務專線：（02）2228-1626　讀者傳真專線：（02）2228-1598

等於貼很近
那聲音哇啦啦都在我家頭上
非常清楚
那天
聽到頭上（不知哪層樓的工人）
很大聲用台語問道
「哎我的那隻鋤刀在哪啊？」
另一個男子的聲音，又不知從哪個方位
很大聲用台語回答
「在地下室！」
過了很一會
聽到頭上（很近）那些工人互罵起來
「幹呢娘@#$@@#$$^&*&%#@……
地下室哪有？跟我黑白講在地下室？誰會把鋤刀去放地下室！?」
另一個聲音從不同樓層回罵（也很貼近）
「幹！令爸哪有說在地下室？我剛又沒講話！」
然後是一陣不同樓層互飆幹╳╳老╳╳
我姊非常害怕
因那距離的幻覺
近到像他們就爬在我家院子不同株樹上吵架
她躲進裡面飯廳
跟我母親和我哥說
「上頭那些工人要械鬥啦」
我姊對我說
「結果
你哥說

剛剛亂回那句「在地下室的」
不是那不同樓層任何一位工人
就是你老哥！
他就是無聊男子嘴癢央順口回一句
那工人以爲是他們其中任一個」
我老哥眞是個「無聊男子週期表」比重比我高太多的極品
我從前看小兒子那驚人的廢材天賦
思索遺傳的謎
他母親是個正派溫柔的人
他父親我廢材濃度也沒他高
我父親超正直嚴肅，我母親從來是個模範生
爲何這家族樹，會出現這小妖猴呢？
幾年前
我帶他們回永和
那時兩呆兒在迷魏龍豪、吳兆南的相聲
小兒子在奶奶面前學裡頭一祝壽段子
捏著尖嗓說出裡頭大姑奶奶二姑奶奶三姑奶奶
祝壽吉祥話
「喲～聽我的今日上壽兩頭羊，上頭坐的是我娘
今天吃了福壽麵
祝您福壽長，喲～（抖音）福～壽～～長～」
（二姑奶奶）
「喲～聽我的～今日上壽兩隻鴨，上頭坐的是我媽
今天吃了福壽麵
祝您富貴榮華，喲～（抖音）富～貴～榮～華～」
（三姑奶奶）
喲～聽我的～今日上壽兩隻鵝，上頭坐的是壽婆

今天吃了福壽麵
祝您福壽三多，喲～（抖音）福～壽～三～多～」
我母親笑得合不攏嘴
我也笑，但忍不住斥罵他
「學校該念該背的不背
考的那亂七八糟
成天記這些有的沒的！」
這時我哥從後面晾衣服進來
毫無縫接合就接續上
（姥姑奶奶那段）
「Hello！（美國回來的）～聽我的～今日上壽兩隻雞，
上頭坐的閻婆惜
今天吃了福壽麵
祝您壽與天齊，哇嘎～（慘叫）踩到貓尾巴上了～」
真人不露相
問題我哥聽魏龍豪吳兆南
真的是上世紀的事了
隔著迢迢時光他還記那要寶橋段記得一字不漏
小兒子露出對阿杯欽慕、崇敬的小狗眼神
那一刻
我知道
廢材、無聊男子的血液
那麼澎湃的在我們家族的血管裡流動啊

癡呆症者標準型

小兒子說
「爸鼻
我禮拜二可以請假
之後英文課也不用上
要陪媽迷下高雄去看一位姨婆
聽說她很可憐
老年癡呆症比你還嚴重」

晚上
大兒子回來
氣呼呼的說
「我那個同學某某
答應要借我一本某某寫得嘰哩瓜啦書
忘了一次、兩次、三次，今天又忘了
我看他小年癡呆症快追上爸鼻了」

有一天回永和
跟母親、哥哥姊姊聊我父親
在他中風前那幾年
其實阿茲海默症已使他的大腦
不斷在萎縮
我們那時不懂
只覺得這個從小印象高大、威嚴的父親

「秀逗了」
正講到他老人家當時顛三倒四
才發生的事立刻忘，一些可愛又悲傷的往事
小兒子恰好進來上廁所
「爺爺當時有比爸鼻老年癡呆嚴重嗎？」

我K他的頭
「我什麼時候老年癡呆了？
我、我、我還英明神武，思緒縝密的咧！」
沒想到我母親竟回答
「你爺爺就是到最後了，最糊塗的時候
還是比你爸腦子清晰啊」

不！
不會吧？
我什麼時候變成老年癡呆症症狀等級的評量表？

我、我正想認真的對他們說
「永遠，永遠不要把對你自己是個什麼樣的人
這個評價權
交到任何一個別人手上
你或許錯了
但你是要用一生的無數括弧、括弧
再加括弧
替自己那麼獨一無二的意義奮鬥
流成你自己所是的那條河流
任何人對你的描述

都只能是刻舟求劍
天啊！誰能描述那個在你祕密追憶中
水花漣漪一圈圈蕩開的，每一個碎時光」
正將臉部輪廓、暗影、調色
進入到要語重心長說這番懇摯的話
那正直的表情、銳利的眼神、感性低沉的嗓音
突然
他們嘩啦啦從我面前跑過
在我額頭貼一張便利貼
上書「癡呆症者標準型」
於是我變成迷惑的臉
「不！我只是常說到一半忘記我原先要說什麼！
或是常帶錯路，或是想不起誰誰誰是誰啊他就寫了一本
叫什麼什麼的書，想不起媽迷交代我要買啥和啥
那、那叫健忘
應該不叫癡呆吧？」
我生氣的跟小兒子說
「我這樣叫癡呆，那雷寶呆算什麼？」
我們一起目視雷寶呆在我們面前
叼著我夏天的泳褲在客廳跳胡旋舞
端端和牡丹都不理牠
牠自己轉得很樂
「好吧」小兒子說「爸鼻其實您不癡呆啊！」

長頸鹿

孩子的媽有一組三隻布玩偶
是長頸鹿媽媽帶著兩隻小長頸鹿寶寶
從她少女時期就收藏
後來也一直放她床頭
當那就是她和阿白阿甯
這組玩偶說來快二十年了
但昨晚小兒子不知怎麼發現
這三隻布偶的最小那隻
並不是小長頸鹿
那是一隻小恐龍啊
他娘從沒發現，一直以爲是長頸鹿母子組
小兒子感悟的說
「我果然是來混的啊」

嗅覺疲勞

上次去北京
因為聽那邊的朋友說氣溫是零下五度
當時很ㄔㄨㄚˋ
我便去買了一件
老爺爺穿的肉色的羊毛衛生褲
（北京人叫秋褲）
很厚，超暖
我想哈哈這樣零下二十度老子也頂得住
但因我是先去廣州
那天廣州超熱
我當然沒穿上我的「極地戰鬥褲」
但廣州的活動結束
就直奔機場飛北京
我聰明的想
他馬一下飛機
那從二十度驟跑到零下五度
若會凍壞就是那時啊
於是我把那條老爺爺羊毛衛生褲塞後背包裡
想一下北京機場
我就去找間廁所
把它穿進外褲裡
哈哈我太聰明了
誰想到到了北京機場

一下飛機眞是超冷（那時已入夜了）
還晾在空曠機坪上等接駁巴士
所有人都在哀嚎
太冷了
好不容易進了航廈
我鑽進廁所一大號間
誰想到那間好像排水壞了
一地糞水
空間又極狹仄
我又胖
一身衣服又穿的厚
坐在馬桶上
兩腳要懸空（免得沾到地下的糞水）
腆著大肚子
要把外褲脫下
再把老爺爺衛生褲穿上
再把外褲穿上
這過程抽褪褲子、穿襪子的腳抬起
要非常精密踩鞋子上
不能撩到地下
非常高難度
我簡直像作瑜珈那樣氣喘吁吁
但總算完成了
出了關
是出版社的小W和老ㄌ來接我
他們都是鐵哥們
我心裡超溫暖，踏實

但上了他們的車之後
我突然聞到一股非常濃郁的大便味
那絕不是幻覺
我心中想
「幹，一定還是剛剛在那廁所裡
某個看不到的角度
褲管終究還是沾到地上的大便了」
但小W和老ㄌ都像空氣中沒大便味
神色自若的和我閒扯
我愈心慌自己身上發出的大便味
就暗中感動
「他們真是溫柔敦厚的人
裝沒聞到
讓我不會丟臉」
這樣心慌意亂到了旅館
進了房間
但奇怪我自己在那房間
怎麼樣用力聞
那大便味就是消失了
我把外褲脫下仔細找
就是沒找到哪一角沾有大便
那時我就想
他馬的原來不是我沾到大便？
難道
是小W或老ㄌ，他們誰踩到大便嘛？
小兒子問
「爸鼻

爲什麼你要跟我們講這個故事？」
我說
「爸爸只是想讓你們知道
你們老爸是沒自信的人
那可能是別人大便在褲子上
但我一聞到便味
就第一個想到會不會是我沾到的？
不會想會不會是哥們踩到大便
這吃了很多虧
但終究還是一種美德啊」
小兒子說
「這是啥麼美德？
可能你還是沾到大便
你回房間聞不到了
我們健康課本說這叫『嗅覺疲勞』！」

音樂課

小兒子學校的音樂課
好像要演奏樂器
從一個月前
就聽他說他們這組是班上的廢咖
一共四個小屁孩
全是音癡
感覺就是那種飛機要墜毀
一共二十五人，但只有二十一套降落傘
最後會被大家掰掰、遺棄的四個一臉迷惑的
小刺蝟、小松鼠、小浣熊、小豪豬
其他三個是直笛，只有小兒子是口風琴
據說原本有個彈鋼琴高手，是他們的救贖
但發現他們太爛了
就「叛逃」了
總之，前幾個禮拜
每個週六他就說要和他的組員去學校練習
但每次回來
都說另兩人沒去
就他和另一個（小刺蝟）兩個
無法練，就在學校玩滑板車
我說那你就自己在家練吧
他又超廢總忘了帶口風琴回來
有個禮拜六這混帳竟帶一只小時候的玩具薩克斯風出門

（那呆瓜玩具只有五個鍵，還紅橙黃綠藍）
我快被氣炸了
「你們那是什麼爛組
下學期不准跟這些廢材一組了！」
他無辜的說
「人家的爸媽還不准他們跟我駱阿甯一組呢
我們是被逼到末路
才英雄惜英雄啊」
總之，那D-DAY愈靠近，他就愈害怕
今晚
終於看他死到臨頭，拿著手風琴在客廳
逼逼嘟嘟的練
非常吵，小狗還跟著亂吠
但到了剛剛
我在書房，聽他歪七歪八吹出完整曲子
（他說「耶！我終於突破我們這組，每個只會吹第一句的困境了！」）
竟是卡本特的〈Top of the world〉
我一時迷住了，非常懷念啊
我第一次聽這個時
還是國四生啊
其實是非常美的一首歌啊
眞懷念

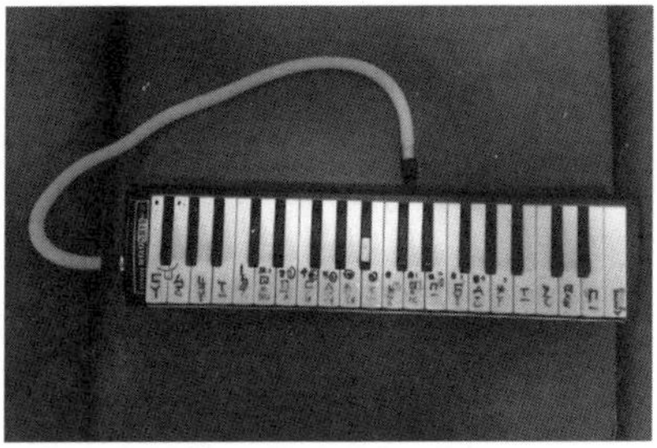

粵語

兩呆兒問我
「爸鼻，您可會講粵語？」
「會啊
猴腮雷啊～」
「還有勒？」
「丟啊～」
「那是甚麼意思？」
「香港人罵髒話吧」
「還有勒？」
「沒了」
「那叫什麼會?! 就是猴腮雷和罵髒話！」
這時，我發現我們腳邊
不知哪隻呆狗何時無聲無息拉了兩顆乾屎
我說
「你們看，我看到這兩顆狗屎
就算我只會兩句
也有很不同的表意能力啦
或許我說『猴腮雷啊』
就是指哪隻小狗拉這麼像玻璃珠一樣圓的便便？
或許我說『丟啊～』
那就像順口說『shit！又要撿屎』一樣，只是一聲感嘆啊
都很順吧？」
然後

他倆問我
「那您聽過「擠俺」嗎？」
我說
「敢罵我『技安』！」
「您怎麼那麼厲害？聽得出來？」
「白癡
全世界幾百種語言
說到『技安』時還是發音技安啊
哆啦A夢也是啊」
他們說
「廣東話是說哆啦A萌～」（尾音還要往上拉）
（後來想想，其實我會唱整首粵語版的〈楚留香〉啊
也不知道爲什麼會的？
好像是我念國四班時
那時全台都在流行楚留香
那時就被主題曲洗腦了吧？）

輯三

願我的歡樂長留

跑過來跑過去

今天下午匆匆趕去華山藝文園區
因爲暫沒手機
先從臉書寫信給出版社的J君
「那我們就約一點四十在遠流書店門口見吧
我還沒手機
很怕禿槌」
活動是兩點開始
要去陳綺貞的簽書會
到了華山
啊！那個好像一兩年前來過的「遠流書店」不見了
有一個類似賣鰻魚飯還是章魚燒的店家小哥
（那個位置明明就是以前的遠流書店嘛）
好心的指給我看
「從這走到底，右轉，就看到啦」
但我照著走去
像是園區的邊角
我就在冷雨中抽了幾根菸
然後，就像神隱少女迷路在妖精的遊樂園一樣
我徹底在那些掛著諸如「╳╳合作社」、「╳╳新樂園」之類的繽紛店招
那些滿滿的年輕男孩女孩陣中
迷失方位了
我一直跑過來跑過去

看不到J君（他也是個牡羊座傻的，很可能我們一前一後
繞著那些屋子跑找不到對方）
也沒看到想像中會來陳綺貞簽書會的大排長龍
有一對穿著打扮很像綠野仙蹤人物的舞台裝男女
在擺破斯讓人拍照
還匆匆跑過披頭四的展覽館
跑過來跑過去
感覺眼角餘光都是類似批薩店或居酒屋那樣的美食小店
好像還有類似冰淇淋車那樣復古的攤車
那麼冷
我終於跑的滿身大汗
終於看到「服務中心」四個大字
跑進去問「請問陳綺貞的活動在哪？」
一個女孩說「沒有啊？沒有吧？」
我心中登愣第一悲催感是
馬的，又來了
一定又跑錯場地了
譬如應在松菸或台北光點之類的
我一定耳朵聽一半就跑來這了
第二念頭是
「莫非這華山是仙劍奇俠傳之地？
連陳綺貞在此辦活動
都只是許多攤位中的一個攤位？」
總之我又跑過來跑過去
終於找到了一支公用電話
打給出版社的大姊姊C
（我只記得她的電話號碼）

嘰哩咕嚕焦急講了我找不到活動地點
電話那頭疑惑的說
「陳綺貞的簽書會？是明天啊」
「啊？」
登愣……
我說「哈哈第一次覺得沒手機眞不方便啊～」
她說
「你——你能從北京平安飛回來
眞是萬幸啊」

畫

孩子們的小表妹畫的
她才小學二年級還是三年級
我說「很漂亮啊！」
「當然嘍，她有在學畫啊」
「畫名是什麼？」
「悄悄話」
「啊這名字也很可愛啊！」
但後來發現哎啊我不知哪一幅叫這名字？
然後我又發現「啊！那右邊這幅黑嘛嘛的是她學畫前畫的嗎？」
小兒子臉色變得很差
「那是我畫的～」
「啊……也、也很棒棒啊～那這幅叫啥名稱啊？」
「無話可說」
（小孩心眞脆弱啊）

女神的小樹

今天拿到了新手機
眞的覺得非常高科技感啊
剛剛寫信給哥們問他們的電話號碼
當然許多電話或慢慢再重建了
確實手機這玩意讓腦袋再沒有「記電話號碼」這區塊了
以前我還沒用手機時，可以背好多人的電話啊
今天剛拿到手機，坐在星巴克試著輸入記得的號碼
竟不到五個（還包括我永和媽媽家的）
然後，來試試手機的照相功能

（以下爲炫耀文）
這隻手機的處女相機之啪嚓閃
就是照這棵小——嗯，松樹嗎？
這棵小樹是出席那場弄錯一直跑一直跑的
陳綺貞的簽書會
之後她送大叔我的喔
嘿嘿
很炫耀吧
後來抱著這棵樹在我家附近巷子走
想：經過的人們都不知這是「陳綺貞之樹」吧
雖然如果是棵果樹說不定更好
剛要拍照，不曉得放哪拍它（之後我就要把它種下去嘍）
就放我的書桌上來拍一張吧
希望新的一年，大家都平安黑批
我的新手機，記下了它對這世界第一張啪嚓停格的畫面
是療癒女神的小樹喔
希望你不要學你上一任那個胖子（那支iphone3）
乖乖待我身邊別再又丟啦

異次元

我發誓
我發誓
我發誓，在北京機場，後來在桃園機場
以及到家之後，以及第二天早上
我的整件外套
我像裁縫把它攤成二次元平面
翻找又翻找
甚至把所有東西都拿光
再掏它每個口袋
絕對是癟的，沒立體物質存在的
確定我的手機是掉了
所以，才去辦了一支新手機
才這幾天辛苦將各哥們的電話輸入新手機的肚子裡
我不是無聊男子，好吧，我雖然是無聊男子
但我因是3C白癡
比任何人都害怕掉手機，換新手機這類事
但今天
不可思議的事情發生了
我的手往口袋裡一伸
那熟悉的，胖胖的iphone3握感出現在我手掌中
我沒拿出來就知道什麼事發生了
就像一個遺棄你多年的女孩，又牽著你的手
彷彿什麼都沒發生過

而且用了一週的新手機（較瘦）在我褲子口袋
我可能跟一千個人講，他們都會說我是迷糊，當時沒找仔細
但我知道不是的
它在這一個多禮拜的「不見」後
又穿越時空飛回我的口袋
我天天穿著這件外套跑來跑去
它是一支胖手機不是一根牙籤
不可能這一整禮拜它存在在我口袋
（那不是一個後車廂）
我的手進進出出沒發現
我跟小兒子說
「我的外套有蟲洞，通往另一個宇宙」
小兒子說
「少來假裝你是小叮噹
不過爸鼻，您幫我伸進您口袋那個蟲洞
找找我之前掉的數學練習本
我被老師罵慘了
看能否幫我去你說那個異次元幫我拿回來？」

潮水箴言

今天去聽了，張懸的「潮水箴言」演唱會
非常震撼（啊這可是我生平第一次到這麼多人，還有搖滾區的演唱會啊）
有幾首她在光束裡，那歌又從潮水衝打的電吉他飆音中
和之前沙啞金屬低音不同
高音、療癒的美聲，滑翔如風中白鳥
又是多年前我在花東海岸公路飆車到一百五十反覆按重播鍵的
那個張懸了
那時大叔眞心的跟身前身後的年輕人一起嘶吼喔
（雖然原來聽演唱會，整場蹦茲蹦茲，站下來，是這麼滴腰痠背痛啊）
遂將這段之前貼過的文字作爲記
這是幾年前開筆，又屢屢夭折的一個長篇
最初，隱藏作爲定音提示的
「自己腦袋裡的投影」無意義的句子

「她是光源，卻又像一萬座山谷背對落日之黯影，層層覆蓋纍疊那麼沉
重的黑
她的光度使一切從她而出的敘事，都像裸生的嬰孩
每個故事，故事裡每個人的『之所以』『怎麼了』『爲什麼』

都從她而出，像逆著光，你忍不住要把手掌倒併齊遮在眼眉上，下
意識的想看分明
所以這一切的故事
是從她的被光分崩離析的臉，融在光裡的五官，或是說
像他們把爆裂那一瞬的原子彈
三D球體繪出整座大滅絕之城所有的建築、街道、醫院、小學、車站、山坡
所有靜靜對峙在將要吞噬它們將它們成爲粉末般稀薄影子之巨大火球面前
那個『歲月靜好』
他們可以用旋轉座標讓全景、透視、結構、陰影、褶凹，這些立體幻覺湧現
但那一瞬被禁錮在那顆圓胖金屬彈艙內
正在忍耐著那無限裂變繁殖長出的每一個原本不該存在的自己
如巨靈妖魔忍耐著不把自己瓷壺那麼小的母親子宮撕成碎片
蜷縮著不誕生
你不可能看到她那張等於光源、先於所有故事
那張臉的背影
沒有那個觀測位置
或讓那個觀測位置浮現的想像時間」

無歌單

晚上去聽張懸的「無歌單」演唱會
去之前我處在一中暑狀態
身體和靈魂的深處都如此疲倦、熱衰竭
不只這週
其實是這大半年來
眞滴太累了
各式各樣的戰鬥，出征
（我素以能戰著稱
但昨天看到杜蘭特退出美國國家隊
理由是「身心俱疲」
我深深感受這四個字的內在鋼骨塌歪之狀態）
個人之外
這陣子的災難、創痛、戰爭屠殺的消息
即使你只是感受著，什麼也無法做
你還是感到心靈的承受極限地板要破洞了
我是在那樣的狀態走進那三千人座位的大型演講廳
果然大約前頭十分鐘我就睡著了
但那樣的「睡著」非常奇怪
好像和那麼多陌生人
一起睡在一個巨大子宮
這個子宮外面的那個母親
遍體鱗傷，被打凹處處，慘不忍睹
但在這個巨大子宮裡面的最下方

觀衆席環繞的小小舞台
那個女孩彈著吉他
一首一首唱著
各首歌之間她且用那像感冒鼻塞的聲音
不疾不徐跟這些她的聽衆們說著
那整個過程
像一陣陣涼涼的海潮
沖刷著，修補著，黑暗中沉默的這些夢者
我覺得她在細微款款的修補著
那個受創的巨大子宮
她唱了首〈外婆橋〉
說起她已過世的外公外婆
留給她的某種品德
是「敦厚，良善，堅忍」
「不要衝動，但要仗義直言」
似乎是國旗事件之後
她自己內心重跑了一次一次的反思
但這年輕女孩卻擁有我覺得讓許多大人
都該自慚形穢的寬闊
像飛鳥那樣自由的心
不掉入任何將他者簡化、貶低
或讓某種情感簡化，激烈的陷阱
她不斷開自己的玩笑
但又那麼誠懇且澄澈，溫柔但不媚俗
今晚她父親和家人都來了
（據說是第一次聽這女兒的演唱會）
我心想其實那不能承受的重

加在這三十歲女孩的身上
不是我們這些溪流暴漲暴消退
失憶或激情的媒體或大衆，能眞的感受
我在睡夢中奇怪清楚聽著她說話和唱歌
後來我就突然醒過來了
然後像我不曾睡去
坐在那觀衆席裡聽一場我原先設想的
「張懸演唱會」
好像不是坐在這高高觀衆席上方
而是在一小小人擠人的PUB裡
近距離聽一朋友說著她對世界的
非常認眞思索後的想法
她唱歌的時候
兩側投影攝影，較清楚的臉
說不出的孤單和美麗
我突然想到巴爾加斯・略薩的《世界末日之戰》
有一種人天生有使徒的特質
即使他抽菸，跟哥們混在一起，踢足球，或是彈吉他唱歌
他都有某種隱密印記是上帝祝福的嘆息
在某種時刻
他會不自知的發出光芒
我發現我靈魂深處
那焦炭灼傷感，不知何時消失了
像在河流中泅泳一樣清涼
學運之後
我很想跟某些大人、朋友說
但好像永遠失去說清楚的可能了

「不是那樣的，我感受的不是你們說的那樣的」
但如果你們今晚也能在這個現場
聽這女孩唱著那些靈魂之歌就好了
如果你們肯聽聽她是怎麼和她同世代或更年輕的
女巫店，喔不
我置身其中這些安靜但歌罷鼓掌，或被她逗笑
的三千人說話
她說著的，如果是兩千多年前
就是那「浴乎沂，風乎舞雩」
嘮叨講著「仁者之道」的老頭
我覺得台下的聽衆（包括我）
都有種「好啦，好啦，我們那麼愛妳
好啦我們會做個好人啦」的親愛、無奈
因爲她的歌眞的太美了
她實在太可愛了
幾度唱錯或說了傻話
還會像傻哥們抓抓頭
對了
夏美大人（雷光夏）也去現場聽啊
眞是太夢幻了
後來結束她離開後
全場鼓掌喊安可的掌聲
是我此生見識過最久，且最眞心愛演出者
的安可掌聲
我也跟著瘋狂鼓掌（但我是發出狒狒叫）
有一度我恐懼問身旁的 J
「萬一她根本走了，沒回來

那會不會暴動啊」
還好她回來台上了
當安可曲她唱到〈喜歡〉這首歌時
那歌啊美的讓我安靜流淚
我心中感激的想
這個年輕歌手
卻讓我這創作生涯超過她至少十五年的大叔
得到療癒、啓發，和一種「嗯馬的要更堅強」的鼓舞
溫柔的力量
最後一首歌
她唱〈關於我愛你〉
也好聽到爆
終於她可能一晚的情緒終於決堤
這女孩唱到一半，哭著中斷
但她還是幾度中斷，幾度又硬忍住
把它唱完
聽衆們都心疼地喊「加油」「我們愛妳」
幹，我發現我也跟著喊
離開那演唱會場
走在大馬路旁
心緒難平
我和Ｊ一直在基隆路走了好長一段
抽著菸
聊著
心裡還是滿脹感激和感動

願我的歡樂長留

今天又帶了呆兒去看《X戰警》
（唉，我中間又睡啦，眞的是太累了）
散場出來後
小兒子忿忿不平的說
「所以這樣他愛編一段往事就編一段
愛再拍幾部就拍幾部
反正整個到最後都是不存在的」
我說
「這就是人生啊」
「這就是奶奶愛說的
一切有爲法，如夢幻泡影啊」
我跟他們說了杜子春的故事
但或連續兩天
看的漫天大場景的，不可思議的瑰麗戰爭
卻都是在玩時間褶皺
從最渺小的「一瞬」之刻度
橇開一個全景，非常長的「獨立於不存在之境」的宇宙
我不很知道兩小孩是有看懂嗎？
但他們倒是都一臉很瞭的樣子
我又有點擔心
是否他們內心對故事的想像，對世界、時間、一生
這些大詞
毫無困難、阻滯，就認知是可以「一念頭之變

像繁花簇放，無數個可能像培養皿繁生的菌類
無數個可以重來的多重宇宙」
後來搭計程車回家
兩呆兒都睏了
（我倒是睡飽了）
那司機在看一台小電視裡放的美國職棒大聯盟
所以開車的視角，紅燈綠燈跳換得踩油門起步
總讓我坐一旁有點心驚膽跳
我忍不住回頭問
「所以這兩部電影，你們到底看懂沒啊？」
小兒子打個哈欠（他哥歪頭睡了）
在後座夢話般說
「唉呀，就是那個『肚子撐』的故事
人生就像泡麵嘛」
我一時聽不懂
意會過來就訓斥他
「什麼肚子撐，是杜子春
也不是泡麵！是夢幻泡影」
後來又看著車窗外流閃的車流、霓燈
突然覺得他胡說的「泡麵」
更貼近這兩部電影陳述的那個
時代的哀傷和惘然啊
一次一次又一次的重來、修改
相信可以截出另一個界面（像一個飛行太空船之外的機械盒）
在那其中喊停時間的激流
在停格狀態，修改所有傷害、扭曲、窟窿

到了我這個年紀
確實屢屢用這樣的方式，回望過去經歷的時光幻燈片
但在他們這樣的年紀
抓在手中的時光，每一寸都是新鮮的
都是第一條壓上的聲紋音軌
沒法站在老去者的滿手蹉嘆懊悔之牌
算牌，想像哪一種選擇更好
但我有時也不知他們傻呼呼像小狗在歡什麼？
但我又那麼希望
他們在意識到人生是那麼辛苦艱難，那麼多不公義
會有愛別離，求不得，怨憎對
像墨水在水族箱暈染、擴散、罩下
得理解之前
我那麼珍惜他們此刻的天眞無邪
多希望他們能延長著
來勁的相信，且對人世充滿好奇
我好像也一直創造著，讓他們相信
「傻樂、廢材，但可以在光黯滅前，溫暖、大口呼吸的
往前奔跑」
年輕時讀過一個短篇
雖然模糊印象那其實是個悲傷的小丑的故事
但我特喜歡那個篇名
篇名叫「願我的歡樂長留」

天才美少女

我看到新聞圖片上
日本美少女淺田眞央在冰池中摔倒的照片
心中非常悲傷
如媒體所言
淺田眞央爲了和另一位世界級花冰后金妍兒拚金牌
在本屆冬運祭出壓箱寶「艾克索三周跳」
這個高難度動作連男選手都很難呈現
才會在個人賽短曲中跌落冰上
兩個日、韓天才美少女都才二十三歲
一直在頂尖之峰做瑜亮之爭
但都把這次冬奧當作告別賽
那種在冰上高速，以靴刃剪冰
身姿美如飛鳥，輕盈在圈中再畫出朵朵小迴旋
利用那高速像抽陀螺，彈離冰面，空中轉體的軸心不能散掉
而且是艾克索三周跳！
我們視覺看像直接提拉飛起來（沒有用刃齒蹬踩冰面借反作用力）
何其優美，仙氣
但那根本是人類足腱、大小腿肌的極限
我覺得冰上女子花式滑冰的頂級比賽
眞的是除了NBA，在那似乎可以停格
而讓這幾個天才，自由穿梭其時間之花瓣飄落

是最貼近、觸碰到神的倒影的
一種運動競賽
那個冰面，看似脆弱其實堅硬（眞的當年混冰宮，那種低速，簡單姿勢的摔
都摔到會怕，何況這些少女，她們的加速，那個高速其實是像飆重機那麼快耶
而且挑戰的動作，是像馬戲團空中飛人，那樣的人體高難度動作）
還要練到，像公孫大娘舞劍，劍意不歇，蕊蕊翻吐，變幻無窮
還要看舞曲本身的藝術性
你想，像淺田眞央這樣十年二十年難得出現的天才美少女
偏偏同一時期（她們短暫的運動員生涯高峰）
出了個比她更有天后氣勢的金妍兒
總是被壓著打
而她倆若在哪次決賽
跳出「神」了
水銀瀉地，完美無瑕
那個影像，你看了，會整個從靈魂深處，深深嘆息
那眞是像垂頸的天鵝，最柔弱的花朵
卻在冰面上翩翩飛舞著
美不可言
那就是在一個最堅硬（充滿傷害威脅，冰，還有滑著冰的刃）的結界裡
要妖嬈、柔美，像抖索羽翼
用那樣精靈般的少女身體
高速旋轉著

彷彿跳躍進那一陣光旋裡
我常會幻覺
她，或她們
那樣一個美到讓你心碎的，旋轉、離地、像蓓蕾綻放
我覺得她們就會那樣消失在那極致之美中
當然最後她們都會用非常美的動作落地
因爲可以想像
那個每天，超人的機械訓練，身心皆承受巨大痛苦
（她們的腰椎、腿骨、膝蓋的傷，早都摔的、補釘的非常人能想像）
要承受那麼長時光，一直在高壓、且不容錯誤的冰刀上
每一寸小肌肉，身體細微的協調，那個心智的專注
天啊！那麼美麗的小美女
長期活在那樣高壓，另一種物理學的，脆弱又要駕馭那脆弱之境
（很變態，就像把最精緻的玻璃器皿，展演它）啊！一定會摔碎」
的懸念，和屏息）
那個神性
我覺得只有像某種天才女演員（譬如小鎂）
某種天才演奏家，或歌手（譬如央吉瑪、林志炫）
或某些你知道它難度，層層向上翻跳的發光小說
會召喚出那讓人心摧的「神降臨時刻」
你若看過淺田眞央，曾到達過那樣的「神之域」
然後看到她在這次冬奧
堅定挑戰，艾克索三周跳
而摔倒，跌坐冰面的照片

就知道我說的那「心碎」之感
而今天她已與獎牌無緣
還是奮力挑戰艾克索三周跳
終於成功
答謝全場瘋狂掌聲時
那終於忍不住淚流滿面的鏡頭
啊
（才二十三歲的姑娘家啊）
那時你會體會，大叔我在螢幕前也淚光閃閃
被療癒鼓舞，小說這個祕境裡（這些奮力對抗古典物理學的創作者）
那麼多的自我規訓，挑戰難度，沉浸在這門藝術無數讓你噤聲的深海
飛躍、摔倒，飛躍、摔倒
所為為何？
那曾經環場無人
反覆訓練
只聽到冰刃刷刷劃過冰面的寂靜之聲
一摔再摔
然後，某一神祕時刻
往上一跳，在旋轉中，知道自己碰到了
那比最美的性愛、最純的海洛英
還要美，還要美的
神借了祂的翅翼讓你飛了那麼一小段時光

沮喪的事

小兒子今天放學回來
一臉沮喪
我想了一些開心點子逗他
他都懨懨的，不理我
「到底怎麼啦？」我問他
「今天打樂樂棒球
不知道怎麼搞的
揮棒都揮空，打不到球
守備也一直漏接」
「唉啊
屁大的事
打不好下次再打好不就好了？
連喇不啷今天都在熱火主場被馬刺隊痛扁
人家是地球第一人耶
你們小屁孩啥瓜樂樂棒球
一場低潮
下次等待高峰出現對不？」
「爸鼻
沒有下次了
今天是我們樂樂棒球最後一場比賽了」
「那好嘛，下學期我再讓你報樂樂棒球，絕不再說它是呆瓜社團？」
「爸鼻！」不想他露出悲憤的臉

「你到底知不知道我這個月就小學畢業了嗎？
沒有下學期的樂樂棒球社了！」
「喔～」
恰好他哥五月的大考不滿意
（我覺得他考的超好，作文只有五級
總之一番我聽不是很懂得換算公式之類後
好像塡不到離家較近的高中
他決定七月再考）
我回國後一直很擔心
小巨蟹外表堅強淡定
其實很內在深沉因爲「按說比同齡少年領先的作文」
竟掛在這項
其實我不是很清楚這是啥麼跟啥麼
（也不太敢問，怕被發現我太混，根本沒弄懂這些那些規則
也怕被妻兒知道我對世界，有一顆簽樂透彩阿北的心）
這幾天到哪都聽人在罵
妻也非常心疼這個乖靜用功的大兒子
但我自己在那青少年階段
一路是重考、班上最後一名、被記過、叫去訓導處的廢咖
骨子裡認定原本社會運轉的體系
就是充滿暴力和不公（或我就是在那時認定自己是怪物？）
你要保持自己的獨特性
就要忍受每一階段
你會被他人創造的價值輪廓，否決、篩掉，甚至不必要的羞辱

有一天
我看到阿白在讀茨威格的《昨日的世界：一個歐洲人的回憶》
我知道他讀的懵懵懂懂
但我欣慰的說
「阿白，只要你保持這樣閱讀的興趣
你考哪個高中、作文拿幾分
一點都不重要
我都超以你爲榮
覺得得到你這兒子是中了第一特獎啊」
總之
傍晚的我家客廳
或因要下雨前的低氣壓
女主人還沒回來
我們三個不知爲何被一種無名的沮喪困住了
我說「不行這樣
我們一定要想個點子
開心點」
我說
「你們看我喔」
那是好多年前
我在大陸背包旅行時
一個偏鄉小女孩教我的
就是手忙腳亂一些
一隻手兩手指從上面捏常鼻頭
另一隻手兩指撐開
將眼睛往上擠，擠成極細的單鳳眼

「你們看！我變狐狸的臉了！」
他們驚詫的看著我
似乎這一手實在太像了
連小端、呆雷、傻牡
都停止在一要不要吠我的猶豫中
挺直站姿耳朵豎尖的抬頭看我
過了好一會
小兒子擔心的說
「好啦爸鼻我們不沮喪了
你乖
快把臉變回來啦」

明日邊界

出門了十天
才回到家
就帶兩呆兒去看《明日邊界》
非常好看
（雖然感覺那靈魂是《啓動原始碼》的梗）
但確實年紀到了
那樣的旅途究竟是累啦
雖然一路遇到非常好的人
但坐在電影院，兩個臉上藍光搖晃的少年旁
我終於還是垂著頭睡著了
似乎在夢中
似乎那從這個城趕去下個城的疲憊旅途
仍在一個沙塵漫漫的光度裡繼續著
中間被自己在夢中打鼾嚇醒
心虛問小兒子
「好看嗎？」
他好像看得很歡，無限嚮往
說「如果有這個能力，期末考就不用怕啦」
倒是在要上樓收票口的隊伍中
那個驗票的年輕小哥
對排我們前面的人都沒說半句
就是輪到我們時
突然對著我，非常愼重的說

「樓上沒廁所喔
電影看到一半要上廁所要下樓喔」
之後
我嘀咕問兩呆兒
「我看起來就那麼像個電影看到一半會大小便失禁的人嗎？
爲什麼他那麼殷殷叮囑我？」
兩呆兒說「很像！看起來就讓管場地的人很害怕的那種漏屎人啊！」
或許那時，這樣的傻瓜對話
我身體隱密深處的鐘面，輕輕喀擦一聲
知道這是回家啦
遂整個疲憊如水族箱的底沙浮湧
安心的，曾幾何時是我依賴他們啦
那時眼皮就重了起來

她是王菲啊

這幾天總有哥們問我
對王菲和謝霆鋒復合的看法
今天在咖啡屋一年輕吧台咩問我
我說
「啊！我知道我知道
我在北京也買過瀉停封
超級鎖死
從狂拉變便秘一週」
「幹，你在說什麼啦？」
「我知道，我開玩笑的啦
謝霆鋒嘛？
他不是跟什麼Angelababy在一起嗎？」
「幹，那是黃曉明啦
謝霆鋒是跟張柏芝之前離婚那個」
「喔，我知道我知道
就是宮二嘛」
「幹！那是章子怡！」
「喔，受嘎！不早說
那演X戰警那個是………？」
「那是范冰冰」
「就是那女間諜？」
「女間諜是，是我狗日的，是周迅啦！」不知為何她連
北方人粗口都出現了

「所以我們家王菲現在是要跟誰談戀愛？」
「謝霆鋒」我感覺她的眼球翻白到像剝殼的水煮蛋
「怎麼？王菲要和這小混蛋在一起？」
「是滴，他們這已經是第二次在一起了。這算是復合，你有甚麼看法？」
「甚麼看法？她是王菲耶
她的歌喉是神親吻過的銀河系飛行石
有一天，天上的絳珠仙草枯萎死去了
讓她去對那花屍唱首〈紅豆〉
那仙草就又活回來了
她是王菲耶
她愛跟誰在一起就跟誰在一起
她開心就好
咱們凡人有啥屁意見啊？」
她忿忿走了，丟下一句
「#%@&*#……綜藝新聞智障！」

老宅男和小宅男

日昨去算命

（這是位仙風道骨的高人）

算著算著

算到我晚年

我問：看子女宮我好像和兒子們緣薄？

仙風：哪會？不過你老了

可能是大兒子照顧你

但對位關係，很像他是爸爸，你是兒子

他覺得你太幼稚、任性、愛闖禍

而你們兩個

你是老宅男，他是小宅男

他會照顧你

但好像會太嚴厲

我心想：超準！現在阿白就已常露出覺得我太廢的正直神情

我問：那小兒子呢？

仙風：你找不到他人啦，他忙著交很多女朋友啦

我：（頭上三條線）呃……

我：那內人呢？

仙風：她晚運超好，會住海邊大別墅（我內心OS：是哪裡海邊呢？加州海邊大別墅，跟澎湖望安島海邊透天厝，這差很多吧？）

問起我抽菸很兇，會否得肺癌而死

仙風：看起來不會
腸胃弱、常拉肚子（我O.S：神準！）
但要注意痔瘡，是那種會流很多血的
回家後
跟妻兒們講了算命結果，還有我的老景
然後我說
「聽起來就是阿甯咕，跑掉
然後阿白照顧我
但我太愛ㄔㄨㄚˋ血賽
所以阿白每天清血賽
太噁了，後來就崩潰了
變成爸鼻的爸爸
對可憐的血賽老人，口氣很壞啊」
小兒子說
「爸鼻，那你會不會住在媽咪的海邊別墅旁的小木屋
整天只有小牡和你相依爲命
最後你寫出曠世巨作
《老ㄇㄨ與海》？
我說「你這個不孝子，重色輕爸的傢伙
說啥風涼話啊」
今天晚上
整屋子只有我和小兒子在家
我上大號到一半
發覺沒有衛生紙了
在廁所大喊
「阿甯咕！阿甯咕！」
過了許久小兒子跑來，臉色怪怪的

「爸鼻，幹嘛啦？」
「幫我拿包衛生紙來」
「吼！我正在媽咪房間（另一間）廁所大號
請不要在小孩大號的時候把他從馬桶叫起來
結果是爲了你這邊坐馬桶上送衛生紙好嗎？」
我說「那你有沒有一路掉大便？」
他很生氣說「那是你老了以後吧？而且是紅色便便不是？」
我裝無助老人哀聲說
「喔，口氣不好啊，對老爸爸不耐煩啊」
小兒子說
「那是葛格好嗎？你晚年不是讓他照顧
而且他變你爸爸嗎？」
我發覺小孩子蠻迷信的
我回家講算命先生的話
原來他都記到心裡去啦

岐路迷宮花園

孩子們不知從哪管道
聽說《猩球崛起2》超好看
吵著要我帶他們去電影院看
「但我們還沒看過1耶」
昨天傍晚到白鹿洞
抓了一張封面是大猩猩的光碟
沒想到回家被不孝子罵了
「爸鼻！這張是《王牌巨猩》耶！
我們要的是《猩球崛起》耶！」
小兒子非常憤怒的要我看光碟盒上的照片
一隻穿棒球衣的大猩猩
面前草地上左邊是一顆棒球
右邊是一根香蕉
看來，我猜是一隻天生就要到大聯盟打球的猩猩
他們讓他選擇
而他對棒球的熱愛，讓他面臨心愛的香蕉
最後還是忍痛選了棒球
（就像在我面前放著小說，和裸女圖
我最後會作出那激勵人心的決定啊）
小兒子說「這是甚麼爛情節！」
他眞的非常生氣
「啊，我哪知道啊！
爲什麼現在大猩猩那麼紅？

連在出租店要拿部大猩猩是主角的片子
都會拿錯？」

今天
和偉格、明謙
一起去探望老師
老師眞的非常堅毅
每天都努力復健
又比兩個月前進步超多
她精神、心情非常好
後來跟我們說了非常多日本年輕一輩
有意思且天才不擇流而出的小說家和電影導演
我一個都沒聽過（我太羞愧了！）
她一則一則說他們哪部小說的故事
聽的我們都傻愣了
未必是所謂的純文學小說
但都充滿故事的生機和「眼」
（偉格太強了，那些人名他全知道
之前老師和他倆聊起大聯盟
他們三個也全說一些我不知的偉大名字
和那些傳奇的比賽和紀錄
爲什麼我變成只能聊哪家按摩院、哪家復健科的阿杯
呢？）
我努力在最後記下她羅列如星辰的其中一個怪咖
的片子名《虎與龍》
心中暗暗立誓我要充實自己了
回家後上YouTube搜尋《虎與龍》

咦爲什麼是動畫片
而且是最合大叔口味的日本高校短裙女生的青春純愛片
我看了四集，超怪的
覺得老師後來的功力深不可測啊
那是一個個子嬌小綽號「掌中虎」的可愛女孩
和叫「龍」的男生的故事
這男孩的媽，是一個超性感在酒店酒促的美人
而這女主角超會吃白飯
每天跑去男主角家把他家一整電鍋的白飯吃光
但實在愈看愈怪，好像跟老師講的內容不太一樣？
我又回古狗查了一次
發覺又弄錯了
那個《虎與龍》
是「日本TBS電視台所播映，以落語爲主要內容的電視劇。編劇爲宮藤官九郎」
啊！（抓頭），世界是一座太容易弄錯的岐路迷宮花園啊～

鳥人

今天去看了《鳥人》
非常感動
前頭演到他們在舞台預排時
說的片段台詞
還沒揭底牌
我竟完全記得那對白的一切
是雷蒙・卡佛少數幾篇
我讀了非常喜歡的短篇小說
可能當時就像背棋譜深記在腦海了
我讀他的小說極晚
有兩本還是錦樹寄贈的簡體版
一讀非常喜歡
主要是各本逐篇皆是獨立生命
那一朵朵故事的綻開和熄滅如此自由
像流浪詩人
但這電影其實和雷蒙・卡佛的小說調子並不很相關聯
他其實像暗金繡線細描紐約百老匯那舞台後的劇場浮華夢
在那樣高度現實，賭博般壓力，又同時好像金絲雀籠內關著的
男演員女演員各有各的神經病
但他們能在這片中
沒被像碎肉機攪碎、稀爛
某部分在於每個好像都很容易貼到鋼琴弦那麼細微尖銳的神經質

在某些像要讓對方抓狂的對話時刻
卻有一最後防線的誠實
這誠實是對自己的誠實
因為他們在那演員世界打滾的艱難，機會稍縱即逝
像煙花一樣虛幻的榮耀，暴名，屈辱，被打趴在地，過氣，或不知犯什麼錯而就是失敗者
他們已是犬儒，自嘲，尖酸刻薄
任何描述自己內心情感的話語
立刻啓動防偽系統「這不是又在扮戲吧？」
這樣把百老匯，或紐約的老派夢境
壓擠在像潛水艇的窄小艙房和甬道
或音樂盒裡頭暗影纏繞世界的小人兒
因為那最微弱之瞬每個人物
像泡在油汙裡的蒼蠅
那一瞬的誠實
使得每個人物，都有一種被悲哀之光，互相攬鏡照見的溫暖和可愛
看完之後我深深嘆一口氣
「啊！眞好看」
我跟兩呆兒分享我看完的心得
他們呆呆的似懂非懂
小兒子小聲說
「我以為這片是要說一個會飛的人的故事」
然後他說
「所以這是演一群神經病然後因為他們誠實（我覺得他說的「誠實」好像和我說的不同啊）
所以變得很溫暖可愛的故事嗎？」
「呃……」我說「好吧，也可以這麼說啦」

禮貌

我想，禮貌是作為觀察者
在一個封閉小空間
觀看文明印痕的最不著痕跡、瞬間流動
後來我最相信的一種方式

一個團體裡
如水池裡的蜉蝣聚落
人心的即興反應
因我常是局外人
非常淡的一抹觀察
我會看這人對服務生是否頤指氣使
我會看，若是這空間裡，有人陷入難堪困窘之境
大多數的人是視而不見
或是會從自己體內感到不安
會伸出援手
創造出一不動聲色的局
讓那困窘者脫離困境
會自在於自己融於這團體的優勢
自戀
或是照顧弱勢
很多時好像在談禮貌
其實是一顆柔軟的心
慷慨的靈魂

如我曾多次提過
年輕時看那部經典《憂鬱貝蒂》
那個男主角索格
有次貝蒂（困於自己的憂鬱深海）
用剪刀剪爛了自己一頭頭髮
還把化妝品塗抹自己的臉如小丑
她被自己巨大的痛苦困住了
哭泣著為自己弄成這樣難看而自棄
但那索格
他心痛她
他哭泣著，坐她對面
第一動作，是把她面前那些爛泥彩膏
也亂抹在自己臉上
「現在我跟妳一樣弄髒自己了」
我年輕時看到這段
心想，我將來要變成跟他一樣的男人
另一次是
他哥們的女人突然失控，無人處抓他的手摸自己胸部
然後為自己做出這麼可恥的失態的事
羞辱哭泣著
那是個老女人
這索格並沒玩弄她、占便宜，或自戀而絕然推開她
他溫柔親吻她的手
哄她「沒事的，沒事的」
我那時覺得索格眞溫柔，眞有禮貌
其實是像小孩，不忍任何人受辱的心
我年輕時

非常會爲自己在某場合
某自己在意的人面前
說錯話
之後耿耿於懷
陷入那想死、像枯葉墜落的深井裡
後來我變大叔了
我有時旁觀某一二害羞敏感的年輕孩子
不小心把自己東捏西捏的、脆弱的什麼
交出來
卻在人群中摔碎
我看他（她）面紅耳赤
僅因爲覺得丟臉而幾乎哭出來
我總想告訴他（她）
「孩子
這一點都不丟臉
丟臉的是，竟在你柔弱本真的時刻
因爲靈魂的粗魯
而讓你覺得羞辱的那些人哪
因爲他們沒禮貌啊」

可愛小動物們

和可愛小動物們去看一部電影
看到近尾聲
我忍不住朝他們伸過頭去
說
「超難看！宇宙爛片！」
但他們在黑暗中都一臉驚恐（應說是丟臉）
三個都對我比手指噓
「待會出去再批評……」
終於出去了
在電梯中，我小聲說「我倒想聽聽大家怎麼罵這爛片？」
他們又對我比噤聲（大嗓門阿杯最丟臉啊）
也很怪全電梯人都很安靜無人批評（不會吧？他們不會是感動到無言吧？）
後來上了計程車，我坐前座
終於把大肚子腆開，想舒爽好好批一頓這爛片啊
「早知道就……」
誰想到三個骨碌碌眼睛在後座
又擠眉弄眼要我別亂說
我意會到他們是覺得有運匠在
那樣大肆發表意見很粗魯
我這感到我的妻兒們都是比我害羞
或對世界善意、寬容，怕冒犯別人的性格

終於下車了
喔我深深呼吸這夜晚冰涼的空氣
開始開罵啦
「這他馬是不是？是不是有夠爛的片？騙錢嘛？」
沒想到從電影院裡坐我旁邊的阿白開始對我發牢騷
「爸鼻！怎麼有你這種這麼吵的觀衆
你中間一直在睡覺
還打呼，醒了就一直清喉嚨、咳嗽
最可怕是
後來還脫鞋子，然後脫襪子，把光腳丫舉到半空摳腳……」
我難爲情的解釋
「我不是摳腳丫啦
是小趾甲旁冒了一根指甲刺
很不舒服
我想黑暗中來把它拔掉
誰想到鞋襪脫了，腳舉到半空拔那根刺時
突然畫面一片白光，我的腳影就很顯著啊」
小兒子說
「你中間跑去上廁所
回來我們問你怎麼去那麼久
你就好大聲說『我剛剉賽差點沒剉死啊！』
超大聲、超丟臉！」
他們的娘說「你們才知道，他從以前就這樣
有一次我們去看大獅王
那個大獅王在夢中跟他死去的父親終於見面了
那是最感人的一段

他父親在一片光中，正要開口
電影院超安靜的，都在期待那流淚時刻
就聽你們爸鼻搶在大獅王他爸喊出口前
先喵出聲
『辛～巴～』（還有回音）
整個電影院的人都『喔～噴～』
超丟臉的……」
總之
這很怪
明明是個爛片
我、我、我只是想批評一下
沒想到被反批的滿頭包啊

大腦

跟個女孩兒說起
「我的大腦啊
就像酒店小姐的屁股啊」
我想她以爲是開黃腔的意思
「怎麼說？」
「每天啊
不同的客人，不同的生張熟魏
不同的需求
輪換，跳閃的，都來摸一把
當然不是那個屁股
而是我的大腦啊
有的還拍一把，用力捏
（很痛耶）
但又要保持它翹翹的，看起來很可口
很好摸
否則沒人想摸，也蠻苦惱的
這就是我的大腦啊」
「聽起來頗殘花敗柳的」
「這就是我這世代創作者，想靠寫作爲專職
必須練成的『電臀』不，滄桑之大腦
年輕時我可以同時寫專欄、書評、劇本、廣告文案、推薦序
爲了生活費，得接文學獎評審
還有回信婉拒演講的打字信

我認得的台灣專職小說家都好像得這麼用」
「那你的小說是怎麼回事？」
「啊就像一個酒店小姐，她是善女人，有一副好臀
但她愛上一個黑幫老大
她把最深的愛，和靈魂都給他
不收他的錢
但他只是毆打她
戳刺她，並不斷給她吸最純的海洛因
然後哄她，妳這麼被我蹂躪
有一天啊，妳一定會成爲女神」
「你講得好噁心喔
那臉書是怎麼回事？」
「臉書啊
就是這電臀酒女下班啦
跑去山中小溫泉池泡湯
令祖罵愛怎麼四仰八叉，叼根菸頭靠池畔喝兩小盅清酒
是令祖罵開心、快活、性感的魔術全消失啦
就剩一副疲憊的滾水燙屁股腦
這時溫泉池還有一些也泡湯得老爺爺老奶奶
好心拿著刷子幫這酒女也刷刷背
大家哈啦笑一笑
就是這樣得自在時光吧」
女孩說
「雖然你這麼說
不過啊，在我心中，你的屁股
不我說大腦，這麼滴雨夜花受風吹吹落地
我還是覺得它很冰清玉潔喔」

我是豬

今早出門
特地帶了我的傻瓜相機
因為我現在的手機不能拍照
想寫稿之餘
哈哈再來進行我的「街頭打書照行動」
（「我眞是不去上班太可惜啦，想出這樣絕招，咪呼呼～」
想著想著太美了，不覺捻起不存在的痣毛微笑）
當然先要去寫稿
結果走了幾家咖啡屋
戶外吸菸座都坐滿人
（天氣太好了，大家都蹺班出來喝咖啡嗎？）
只好咬牙去我這年酷熱天或大寒天才會去的小旅館
結果寫入神了不覺三小時過去
正收好東西要推門出去
聽到外頭走廊有吸塵器的聲音
我靈光一閃
衝出去
對那穿著荷蘭女僕裝的打掃婆婆說
「對不起，我剛出新書，可不可以請妳拿書
讓我拍張照
我貼到臉書上……」
婆婆正用台語說

「我還跟她們說，你怎麼糾故沒來了」
然後突然臉紅
「啊攝相喔，不要啦，我這麼老了」
我拉著她往房裡走
其實是牡羊急性子想拿背包裡的書和照相機
婆婆柔順但害羞跟我走到房門口
還一直說「我很不好意思啦」
但我拿出相機
卻發現，他馬的我忘了帶我的書
噢！我是白癡
只有一本孟若的《親愛的人生》和童偉格的《童話故事》
（喔！打書還打錯書？）
算了
只好請婆婆拿《童話故事》拍一張嘍
然後
我走路去鼎泰豐旁那家金石堂
買了三本我的《小兒子》
第一本
我去找我的牙醫
請他櫃台那正妹小護士
拿書讓我拍照
牙醫正在幫病人看牙
他也想入鏡
我說「噯噯不用您，您當背景」
拍了之後我又走路去金華街，平時買狗糧的「菲比樂」
貓狗用品飼料店

請一個日光系甜美的女孩一樣
拿著《小兒子》讓我拍
第三站我走去不遠處的「黑潮咖啡屋」
請老闆和一旁兩位可愛工讀生男孩女孩一起拿書
拍下有咖啡豆機、瓶罐玻璃杯的吧檯旁的溫馨打書照
大功告成
我恰好回家接小兒子
結果
正準備要上傳照片時
發現咦為什麼照相機的記憶卡
連著小線盒
插在電腦上
不！不！……
我像個二百五去拍了三組幫忙打書照
結果根本相機裡面沒裝記憶卡！
連打掃婆婆燦爛笑著拿童偉格的《童話故事》也沒啦
唉唉
只好先將昨晚拍的
貳月咖啡美女的助打書照
po上臉書
之後匆匆忙忙出門
我帶著小兒子
（他很習慣我常氣急敗壞咒罵自己「噢！我是豬！」）
又繞了一趟黑潮、菲比樂寵物用品店、牙醫
跟幾位帥哥美女道歉
說剛剛裡面忘了裝底片
可否讓我再拍一張？

她們人都超好
很開心答應了
總算「第二次」又完成了
但我眞的不想說了
總之
晚上回永和看我母親
又回家後
又一次要po上照片時
發覺那片記憶卡還是插在電腦上
也就是我第二次請那些好心人兒再拿我的書
再擺破斯，拍照
又還是無底片的空包彈
我明天如果再去找他們
說對不起，昨天的又忘了放記憶卡
可否再請你們再擺第三次讓我再照一次
他們一定會拿店裡的菸灰缸，或巨大狗骨頭，或巨大假牙
狂毆我吧？
眞不知這樣跑來跑去一天在幹啥？

捏麵人

某天搭計程車
口袋沒有百元鈔了
抓的恰恰好一個五十銅板，加幾個十元的
因是短程
心中也頗篤定
那是一台老舊爛車
一坐進後座
發現駕駛座後椅背
前座之間，手剎車桿後那置物小箱上
插著琳瑯七彩的捏麵人
一支一支竹籤
上頭有龍（鱗片青色描金，札鬚賁張，兩眼精光如有神）
鳳凰、鸚鵡、老虎、金魚、孫悟空、騎在赤兔馬上擎著
青龍偃月刀的關公
這些比較大仙
手工也極誇耀難度
想是非賣品或較高價的個人藝術品
一旁另插有許多卡通玩偶
哆啦A夢、大雄、皮卡丘（竟還有火箭隊的武藏和小次郎）
當然還有五、六隻不同大小的黃色小鴨
但這些卡通人物的臉
都不知哪裡有些偏差、歪斜
看起來都有點怪怪的

昏暗車廂內光線
顯得有點像鬼屋裡嚇人的蠟像
司機當然是個老阿杯
我忍不住問（應該所有乘客都會好奇問吧？）
「這都汝做的啊？」
老人家似乎出來開車，就爲了等這時刻
又像虛榮的藝術家，又像和那些老手藝一起被時代遺棄的落魄老工匠
他開始跟我臭屁又唏噓的說（好像我在和陌生人說文學創作這一行當喔）
「攏不行啊啦！以前還會在廟會做、賣
現在人不希罕這啦」
說原先祖傳幾代是做這個，捏麵人、糖人、布袋戲偶，還要學拿雕刻雕神像
但他年輕不懂事
只學了這一項
「都失傳啦啊！年輕人沒人學這，誰要學？怎麼維生？」
「現在學校會教小朋友，啊都是簡單的
哪像我這一片一片鱗片是糖燒上去的？」
我超會哄這些沉浸在自己世界，而那世界在自身其中如此燦爛
在現實中卻如此黯然
的老人家
他一開心還神祕跟我講解
最厲害是那條龍
「足費工，要作一日一夜」

確實那龍的周身鱗片
像玻璃彩，或琺瑯彩，有一層透明的薄光
很快到了我家巷口
要下車時，我內心非常痛苦
這要我平時，一定給阿杯買兩隻最大仙最華麗的
回去驕其兩呆兒
但他馬就這麼巧
我手掌心就攢著這一百塊零錢
我知道阿北沉默著但也是希望我跟他買
但我只好乾巴巴把那些零錢給他
再讚一聲
「眞的糾水耶！」
羞愧的下車了
老人沒把車開走
搖下車窗
拿出一隻哆啦A夢
「送你」
我楞站在車旁
「送你，免錢的。年輕人都不愛了。」
我想掏口袋，拿什麼回贈（幹，抽剩半包的菸和千輝賴打嗎？
我的爛手機嗎？）
他就一臉像小丸子的爺爺
慈祥笑著揮手
把車開走了

願我們的歡樂長留

在網路上瞥見一段話
「哭有時，笑有時。哀慟有時，跳舞有時。」
原以爲是中國古詩類似
「思君如流水／何時窮已時」
「離恨卻如春草／更行更遠還生」
「今夕何夕」
這樣的時光感慨、迷惑、蹉嘆
譬如夏宇的〈背著你跳舞〉
或像弘一大師臨終留下四字，作一生如夢之偈
「悲歡交集」
一生的某些重大時刻，都在那瞬如電如露如快轉影片湧現
不想是出自《舊約・傳道書》
所以它是一種情感表現的節制和規訓？
我上古狗，想輸入「悲傷有時」
不想打錯字，也不察
輸入了「背傷有時」
出現了復健診所或病友經驗分享的條列
但這又如此貼合我這幾年的某部分實際生活
「背傷有時，腰傷有時，坐骨神經痛有時」
好像控八控控控粒粒控什麼的中醫診所廣告
今天傍晚
和兩呆兒過馬路等紅燈時
小兒子一直用手掌來抖動我的肚腩

我說「不要這樣，那些機車騎士看路旁
一個胖肚子一直抖
很噁心欸」
他還是一直調皮來玩我的肚子
不過不很久以前
當街在玩弄他們的可是我啊
假裝要把我的鼻屎（有配樂：《虎膽妙算》）
要塞進他們的小鼻孔
他們非常恐懼用小小雙手抓著我的鼻屎指
抵抗著
像好萊塢武打場面
最後男主角和壞蛋老大必肉搏
拿一把藍波刀，互相使勁
驚險幾度貼在譬如湯姆．克魯斯啦布萊德．彼特
或蜘蛛人的鼻尖、眼球
但最後那匕首必定，緩緩插進壞蛋頭子的心臟
總之兩呆兒小時候
我最喜歡玩這個遊戲了
（其實我力氣遠大於他們，只是在演）
當那鼻屎指快逼近他們的小鼻孔時
你看他們那個認眞、使勁，拚了
然後最後我會偷卸力
讓他們覺得反敗爲勝
最後那坨鼻屎
又會塞進它所從出的那鼻孔
然後我會發出一聲「啊～」被鼻屎塞進鼻孔的呻吟
小男孩眼中那種「正義終於實現」的光芒
眞是像星空、煙火一樣美

但一眨眼他們都大了
我玩這些把戲時他們眼中都露出嗤之以鼻的神色
啊！這就是
「歡樂有時，悲傷有時，挖鼻屎往你鼻孔塞有時，抖你老爸肥肚腩有時」啊
但過了那個馬路口
我腦海中突然浮現一個書名
「願我們的歡樂長留」
我想把它當《小兒子2》的書名
那是我年輕時讀的一篇很悲傷的短篇小說的名字
卻也正是我這陣子
面對這時局「惘惘威脅」
不知眼前繁華文明
來日還在否
胸中常有的，像自言自語的一句話
（《願我們的歡樂長留》怎麼樣？這書名很屌吧？）

隊長

好像不知從哪次起
兒子們跟我說他們班的某某
哪個項目很強
「那個誰誰桌球超強」
我就順口接說
「其實你們爸爸，年輕時是中華民國桌球代表團的隊長啊」
「那個誰誰英文超強」
「其實你們爸爸，年輕時是中華民國英文代表團的隊長啊」
「光老師說要去日本參加馬拉松」
「其實你們爸爸，年輕時是中華民國馬拉松代表團的隊長啊」
「爸鼻，沒想到小璐（他們表妹）會彈琵琶啊」
「你們一定看不出來
其實你們爸爸，年輕時是中華民國琵琶代表團的隊長啊」
他們會把眼睛瞇成這樣 ＝　＝
說「喲，還眞看不出來啊」
我不知他們從哪學來這種口氣
小兒子還會說
「琵琶鼠代表團」
當然還有中華民國修玻璃、講笑話、打簡訊、電蚊拍殺蚊子
各式各樣代表團的隊長
人老了

跟兒子吹噓，眞暢氣（反正他們也不信）
那天
有朋友送我們幾張吃到飽餐廳的餐券
我帶他們去吃了
一個老爺爺拿了一盤堆得像山高的食物
從我們桌前經過
我說
「其實啊……」
他們便接口
「我知道我知道
您年輕時是中華民國把廢代表團的隊長
對不對？」
「您還眞忙，被各種代表團搶著去當隊長啊」
「但這一項我們相信是您眞的有過的職務」

真相

按摩多年
深知遇上一位能按我按到位的師傅
有多不容易
主要是我太大隻了
且肩、肩胛、背、腰的老傷
都是陳年舊疾了
這是職業傷害
我曾不只一次在按摩店
被不同按摩師「退貨」
不願按
老闆跟我解釋她們拒按的原因
是——按我一個抵按三個，且怕手會扭傷
也有師傅問我以前是不是打橄欖球的
總之
我按摩了這麼久了
眞可以寫本按摩百科全書了
遇到能將你，沉在最深最深肩背腰之下的
那個瘀傷，用大力金剛指
把它按出來
那就像被鎖在深海的怪物
有個高僧來鬆開枷鎖鐵鍊
那個鬆快
眞的是要喊「恩人」的

這半年死忙，身體狀況也較差
約兩個月前吧
在按摩店遇到一位阿姨
就是這種十年一遇的高人
眞的
她每次幫我按
按到那幾處老傷
我都感到那指勁，眞的像有內力
一層一層破岩，一波一波翻開筋肉
把裡頭埋藏的一個濁氣的氣泡弄破也似
那個舒爽，只有像我這種老球皮，不，按摩老兵才懂
這樣按了兩個月
我們幾無交談
但我內心總充滿感激之情
讓我遇上這樣一位按摩界的葉問！
昨天
又是大力金剛指「解！卸！散！戳！」
拍拍拍在我背後庖丁解牛，不，游刃餘地
我帶著淚花問（像對峨嵋派掌門恭敬提問）
「阿姨，您這手絕活，想必按了幾十年了吧？」
「啊？我嗎？沒有耶，我才按了三年吧？」
啊！不可能！
難道是傳說中百年一見的武學奇才？
我實在太疑惑了
忍不住又問
「那、那、那您在做按摩以前
是做甚麼工作啊？」

「之前喔
我是灌香腸的啊
我家裡客廳現在還有機器耶
我跟你說喔
我灌的香腸好好吃喔
大家都搶著要ㄋㄟ
每天都要灌幾十斤的豬肉
整串整串的香腸，都要用手去捏
這才是手工的口感
後來不做了
就是客廳都是那個豬肉的味道
很臭啊
啊朋友介紹我就來學按摩啦」
很久以前我就知道這個道理
很多事不要愛問
知道眞相沒有比較好
但我爲什麼還老是愛問咧？

親事

今天遇到一位哥們
聊天聊到他現在帶四歲女兒的辛苦
因爲工作的壓力
老婆的工作有時要在國外
他們各自也沒父母支援系統
幼稚園四點半放學
他即使拚了命跑去接
很多時候還是
只剩下女兒，和另外一家長也遲到的小朋友
各自揹著小書包
坐在幼稚園穿堂前的長板凳等著
教室都黑了
但她們頭上有一盞昏暗的燈
像動物園的兩隻小企鵝（或者是很像麥兜？）
有一個老師陪著
第一次這樣遲到的時候
帶女兒去吃飯時
女兒的頭始終像枯萎的向日葵垂著
小小的小孩兒竟沮喪，憂傷到不行
小聲地說
「爸鼻，以後可不可以早一點點來接我？」
但他這樣常硬要把工作砍掉
跑去接小孩

也讓上司很不諒解
總之是心力交瘁，蠟燭兩頭燒啊
我聽了非常感觸，回想我自己的兩呆兒
在那個階段的許多往事
（當然現在我跟他們倆回憶當年父母辛苦總總
他們都不鳥我）
我說了一句
「這個階段的小女兒啊
眞是宇宙最脆弱的存有」
原本臉部線條剛毅的中年漢子
臉孔突然無比柔和
「眞的，你只能去保護她，她那麼脆弱
又只信任你，我有時不敢想
如果我在奔往她正在那等著的路上，出了個車禍什麼
我不敢想那樣等待著的她那麼小小的模樣」
我超感動的
牡羊座的在這樣感動的時刻
都想做出什麼輝煌的承諾或奮志的喊話
「讓你的女兒當我的媳婦吧！
我們結爲親家吧！」
（差點沒說出「以後你趕不上接女兒，就讓未來的公公去接吧」
如果那樣，小女孩的麥兜同伴會不會冒斜線，低聲說
「今天又是怪北杯來接妳」）
和哥們分開後
我突然清醒
我的小兒子好像已在他自己不知的狀況

被我結了十幾門親事了
年齡層從十五歲到四歲不等
（啊！嘴巴呈O型）
會不會將來被告啊？

少女

我和一個少女
從下水道爬出去
終於見到外面的世界了
全身都是臭水
那少女背對著我，抖動著肩膀
我說
「快點，我們一定要逃出去
告訴人們裡頭發生的悲慘事情
完全不是他們在報紙上編造的……」
女孩突然轉過頭
對我說
「叭啦吧啦叭～叭啦吧啦叭～
叭啦吧啦叭～叭啦吧啦叭～」
我說「什麼？」
她繼續說
「叭啦吧啦叭～叭啦吧啦叭～
叭啦吧啦叭～叭啦吧啦叭～」
我說「幹！他們給妳注射了『呆瓜針』！」

＊
然後我驚醒
發覺是我的手機鬧鈴
正不斷發出「叭啦吧啦叭～叭啦吧啦叭～叭啦吧啦叭～
叭啦吧啦叭～」的聲音

現在才六點二十！
我發飆
「阿甯咕！
你他馬把我手機鬧鐘鈴聲設定成『機器人』！
我本來的是鴨子叫啊！
而且我昨天四點半才睡著！」
然後他們跑進臥房
聽我剛剛那個本來超淒美悲壯的夢
最後卻害夢中少女轉過頭變蠟腸嘴機器人的驚悚片
他們都很開心的笑
小兒子說
「爸鼻那你之前的鈴聲
你跟那少女講了感人的話
她轉過身
變成一個鴨子頭
『呱～呱～呱～呱～』
那也沒多好吧？」
唉
大家都充滿朝氣出門了
我要回頭睡了
看在夢中能否在遇到那個說話變「叭啦吧啦叭～叭啦吧啦叭～」的少女
告訴她她中的咒語是夢境外的我小兒子設定的手機鈴聲
我要把她變成原來的少女
（這是豬變成的爸爸，破解甯婆婆的咒術
讓白龍，不，少女，從叭啦吧啦叭機器人變回本來模樣版本的
神隱少女吧？）

輯四

書香世家

書香世家

小兒子說
「爸鼻，古時候父親都怎麼跟兒子說話啊？」
「就像爺爺以前跟我說話，都愛ㄊㄨㄚˋ一些成語」
「爺爺就是有學問
哪像您老整天說屁話呼隆兒子」
我（挑眉毛）說「哦？遺憾自己沒生在書香世家？」
「算了，看您這樣子，就知道父親有學問也沒用啊」
他繼續說
「今天我出了個醜
我們藝術季要合唱表演
（這幾天他都在練一首呆英文歌，啥麼〈Let it go!〉
好像還要練配舞
所以他都躲到臥室偷練）
結果輪我們班表演時
因爲我個子全班最高
要四個小朋友一排
身高跟我一般高的都在前面表演
沒人跟我身高配
只好我自己一個人站在全班後面
高一階的演唱階上」
我安慰他
「沒關係，爺爺以前總說
『不畏浮雲遮望眼，只緣身在最高層』」

他說
「還沒呢，誰知道那演唱台故障了
從我站的腳下裂開來
我就掉下去了
還好我站全班後面
被大家遮住了」
我說
「爺爺以前說
『卒然臨之而不驚，無故加之而不怒』」
他又說
「但後來我想從那個坑爬出來
沒想到發出很大響聲
像一隻章魚在那後面掙扎
還擠倒我前排的小朋友
超丟臉的」
我說
「沒關係
爺爺說『雞鳴不已於風雨』啊」
小兒子又說
「後來我們下來了
換有一班表演超強的
跳繩超厲害的
我從內心佩服他們
結果我後面那排，不知道哪一班的
心地超壞
我聽他們一直小聲念『跌倒～跌倒～跌倒～』」
我說「爺爺說過『小人長戚戚』啊」

小兒子終於崩潰了
「好啦！不玩了，爸鼻，求求你恢復用白話文跟我說話啦
我們是現代人啊～
我錯了，我不敢對您不敬了～」

航廈奇緣

剛回家啦
好累
差點又發生一次「航廈奇緣」
就是，早上九點
搭上往白雲機場的大巴士
我按例坐倒數第二排
因為習慣到四點才睡
一早又太早醒
那時還在小史的夢遊狀態
我想「反正最後一站是機場
絕不會發生坐過站之事」
遂放倒椅背安心睡去
那個睡死
是像電影《大逃殺》剛開頭一幕
眼睛睜開
眼前空無一人、搖晃、聽到引擎聲的
大巴士的車廂，一片白光
我又睏倦閉上眼
睡夢中想
不對！剛剛一車的人呢？
他馬一定是已到機場航廈
人全下光了
司機沒發現最最後排的我

這已是回程空車
嚇得我跳起，跑到前面
「對不起對不起我睡過頭了！」
這司機很酷（戴著墨鏡）
也沒當啥大事
嘩嗤開了前門
我想不會把我放鳥在高速公路上吧
「就這兒？」
他比一比，說
「你走上去就到了」
原來，不遠處，其實也不很近啦
看到那航廈出境大廳
在這大巴士剛開下來的高架道路上頭
這老兄叫我走上高架引道
這種不把車道、高速公路、高架橋、人走的路、之間的侷限
放在眼裡的自由魂
眞是我知己啊
但我還是很怕被公安抓了
人生地不熟
找不到人來保我怎辦？
於是我往高架橋下面的園藝景觀樹叢裡鑽
想穿過這片叢林
一樣可以到那大航廈的地下樓吧
這段「叢林冒險」比想像中艱難
因爲沒有路
一旁是非常高的鋼板牆圍住的工地
而這些景觀植物

不知爲何都是些長得肥肥的仙人掌或棕櫚
有些地方還要雙手攀岩小土山
我心裡哀嚎「我在幹嘛啊？」
烈日當空
遠處飛機起降的聲音
我卻在這裡演《猩球崛起》爬上又滾下？
這叢林大穿越，大約搞了四十分鐘吧
終於一身塵土（眞的）
讓我到達一個停車場
我終於看到人類了
總之
進入航廈系統
排隊、登記、安檢、通關
這次我學乖了
一通關立刻直奔登機閘口
那是要搭一巴士開去停機坪的我們的飛機
我胖胖的跑到閘口時
那些空姐、航警都很著急說
「趕快趕快，就等你一位了
飛機要開了」
這場景半年前我才在馬來西亞，似曾相識
只是當時閘門和飛機門都關了
沒趕上飛機
那次我還好遇到貴人
在吉隆坡航廈裡過了一夜
這次則差一點點！
好險！

貼圖

臉書後台的私訊
有一個功能
就是免費貼圖
那一組一組可愛的卡通人物標籤
可以向對方貼上開心、鼓舞、擁抱、抱歉的各種表情
我很喜歡這個發明
有時很難寫出小小的心情
一貼，哇！傳神表達
譬如我最喜歡藍色小狼和小羊、小猴子（有一張牠跪著低頭懺悔超可愛）
小狗（我最喜歡牠傻笑要擁抱的那張）
之前還有個大老鷹頭
最近還加了一變態大叔
一組感覺也很變態的摔跤怪北杯（他們會去吃居酒屋）
還有一個超人力霸王的
但我今天碰到了囧境
一位年輕朋友
寫信說要去英國參加學位考
我感覺那心情一定很沉重
我回信自然寫了
「加油！必勝！」
然後我按上那超人貼圖
但我的老花眼給我闖禍了

就是從挑選小圖上
我明明看到那隻超人好像是武術家拱拳（或兩拳相擊）的手勢
感覺很MAN的打氣
等貼上去（貼上就放大了，才看清晰了）
啊？他怎麼是很兇的表情
一手指著另一手腕上的手錶
好像是對對方說「現在什麼時候了？」
嗚
我一㓾，那內向的年輕人會否以為我訓斥他
「怎麼拖那麼晚才去考論文口試？」
而且寄出去後不能刪
我趕快寫「對不起貼錯了」
又貼一枚
看去是這超人舉拳在下巴處
另一種拱拳（一路保重啊）
結果貼上去
他馬的，是這超人一隻手用食指指對方
另一隻手比聽電話的手勢
那樣子很像
「嘿！就是你，打個電話給我！別再混了」
我一看
嗚該！（眼珠暴凸、下巴掉下）
趕快又寫「對不起對不起又按錯了！」
啊
我只是老花眼
並不是人格分裂症的怪前輩啊

震撼演說

我最近遇上的一位按摩阿姨
是位有演說力量的人
意即，那和叨絮說自己人生滄桑而聽者其實已趴那睡著
（我這樣長達七、八年按摩生涯遇到的阿姨們大抵如此）
不同
她的演說，是有廣場意識的
就是當她說出一段對政府、世界、乃至外星人
的臭幹醮之後
一定會像好萊塢電影裡
對世界末日殘餘國民發表演說的
美國總統、或高智能猩猩凱撒
來一段強而有力的震撼演說後
會問
「是不是？你說我說的是不是眞的？」
然後會停頓、空白幾秒
聽你的反應
這時我若是邊打呼邊呼
「唔～嗯～拱拱～」
應會死很慘
只好驚醒，努力推敲她剛說了啥？
「沒錯！妳說的太對了！」給予強有力的讚同
譬如今天
她對我分析101絕不會過啦

&*$#%^&分析了一番
也低聲告訴我二〇多少年共軍一定會登陸
講了超多我覺得和外星人傳說無差的黑幕
「攏是假啦！這和阿姆斯壯登陸月球是拍電影一樣啦」
「你說是不是這樣？對不對？」
但今天我眞的太累了
我自己在睡夢中都聽見自己的打呼
「唔～嗯～」
然後我突然聽到她說
（像換了電台頻道一樣）
之前有個客人
很愛要按摩師踩背
她幫他踩背時
曾警告他別亂讓一般阿姨亂踩
有的不會踩會踩傷
結果有次這客人來
「好噁心，脊椎那裡接了條橡皮管
很像一條小尾巴」
她問他怎麼了
他說之前被一阿姨亂踩
踩傷了，裡面化膿了
醫生幫他接根導管把膿排出來……
然後她鏗鏘有力的問我
「是不是？你說我說的是不是！」
我立刻嚇醒
臉雖然埋在那按摩床的圓洞裡
卻超有勁的回應

「沒錯！妳說的太對了！」
只差沒仰起脖子揮舞小旗子吶喊
因爲那時
她正踩在我的背脊上啊

超弱團隊

今天下午到YABOO咖啡
兩位「小張曼玉姊妹」憂心忡忡跟我說
最近碰到「無影人鄰居」盯上
幾乎每天都換不同單位來找麻煩
管區警員、衛生局、建管處、最後連都發局的稽查都來了
非常像卡夫卡《城堡》的低階官員
但拿著缺乏感性的公文
以不同的法律條文來弄你
這很類似我之前遇上鄰居抓狂使用投訴（照三餐打）我
養狗之事
問題是
公務人員，一有人打電話「投訴」就得出動
這間咖啡屋明明是一間文青咖啡屋
好幾年了
我來此寫稿，看到店裡各桌的年輕男孩女孩
各據桌位安靜對著筆電工作
這對年輕老闆娘和工讀生們
根本是群無害小動物
像卡通片裡的小松鼠、小刺蝟、小狐猴
妹妹自己在一小工作室烘培咖啡豆
我常看她一邊在裡頭烘培，一邊拿把吉他彈著
我在這戶外咖啡座，遇見許多有趣的人
有年輕人推著腳踏車拿手工飯糰來兜售

有鄰居的年輕母親帶小貝比來哈啦
有日本、香港的電視台、雜誌來拍「台北靜巷咖啡屋」
它和這一區許多家咖啡屋一樣
綠光盈滿，店貓自在推門進出
牆上貼了各種年輕人實驗電影或劇場的海報
他們的咖啡和輕食
你都感覺到是帶著愛和溫柔去料理的
融入這一帶靜巷的安靜時空裡
它和永康街那一頭那種亂哄哄商圈的人潮完全不同
這些各有秀異名字的小咖啡館
和巷子裡的二手書店、小茶藝館
連成像棋盤中的小光點
讓台北成爲不那麼粗俗、冷酷的城市
可能只是某一戶人
而你永遠不知道他是誰
他也許有強迫症
就是看樓下這咖啡屋進進出出的年輕人不順眼
他只要照三餐狂打電話
那些可能一年沒讀一首詩，沒看一本小說，沒看一部電影
喝7-11咖啡的公務員
就要像上級指導員，切割成各部門的話語來查抄一間咖啡屋
我深深厭煩這種無感性、排他性的典型城市居民的「冷酷異境」性格
所使用的語言只能是「有人投訴……」
這眞是一種心靈的枯竭和匱乏
如果連YABOO這樣的咖啡屋都要鏟除

我覺得真是台北這些年
誇耀什麼「台北最美的風景在巷弄文化」
大地產商弄一些什麼「文創園區」
把它去脈絡的圈在一空蕩蕩區塊
真是人格分裂之城
我下午坐在那
聽店裡這些小松鼠小刺蝟小浣熊們憂心忡忡
七嘴八舌「來檢查的項目我們都有合格啊」
但最後她們好像討論的累了
搬出柚子、香蕉、橘子、孔雀餅乾排滿一張小桌
拿出大小尺寸的金箔銀箔紙
捻香拜拜
我說「妳們現在是要用忍術了嗎？」
結果我聽她們祝禱
「神明保佑，全家平安
討厭我們的人放過我們
嗯，國泰民安」
一旁一個帥哥工讀生趁機夾帶願望
「保佑我交到女朋友」
唉
我一旁看了，忍不住哀嘆
「你們這個團隊超弱！」

新發明

前兩天讀了村上的
《沒有色彩的多崎作和他的巡禮之年》
最後他到了芬蘭
找到那切斷、逐趕他的少年親密夥伴裡
那個女孩黑妞
這典型村上式的男主角
和世界隔著一層玻璃活著
但他最棒的生涯選擇
是創作者
而他的作品則是
東京大小不同的火車站
那少年摯交黑妞
則是在芬蘭成爲一陶器藝術家
（所以這是一個關於不同創作的故事？）
那女孩說
「我不太瞭解才華這東西
不過自己所做的東西
能以某種形式被其他人所需要
也是相當美好的事啊」
我對這段話頗有感觸
昨晚吃飯時跟妻兒們說了
並說
「所以，能創作、創造

是一件非常幸福的事
不論是甚麼形式的創造
都值得開心，珍惜」
我說我們拿出一件最近你的創作品
我來拍照po上臉書
也算開心過好年啊

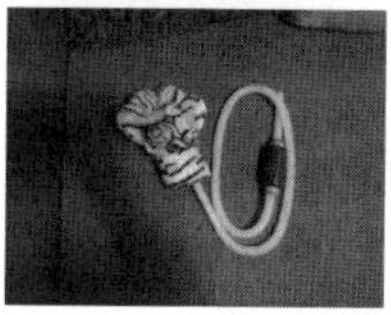

我當然拿出呆書《小兒子》（順便打書）
妻拿出她最近剛手工作好的一個超美的包
大兒子說他這半年都在準備升高中的各種考試
沒有作品耶
「沒關係，就拍一下你沉重的考試書本」
小兒子拿出一個怪東西
用我們家換魚缸水抽取時的大吸水管
上頭連一夜市的絨毛老虎爪爪大手套
「這他馬是啥？」
小兒子說
「這個啊，新發明，我們可以用這頭吸水
然後老虎爪爪就會手掌冒水喔
一隻一緊張就會手心狂冒汗的老虎爪爪喔」
他馬這什麼白癡發明？！
這不正是一隻「虎頭蛇尾」的怪物嗎？
「好嘛
那我還有別的發明」
他牽出雷寶呆
在牠脖子上東弄西弄
「登愣！

雷寶呆戴領帶！」

唉
我眞後悔我作了這提議
這兩天要大掃除
家裡客廳一定又出現一大堆這種拾荒垃圾
亂組合的唬爛發明～
這種品味差距如此大的
「作品展」（？）
也可算某種意義的多元成家吧？

夢幻地

等一切忙完
我要去沖繩
雖然我的英語那麼破
但他們告訴我
你只要會說阿里阿兜、空尼基哇、莎喲娜娜
那是一處收容世界各地廢材、漂流者、時光停擱者
失眠者、靈魂吸了太多髒汙者
最溫柔，笑臉接納的天堂
我要獨自的，靜靜一人去沖繩旅行
原本我以爲
我要到七十歲
才會給自己這樣一趟
像翅膀沾滿港邊黑色積油的海鷗
一趟快樂自由的飛行
我以爲我已是「不旅行者」
這些年我去過一些城市、國家
比一些「旅行者」更頻繁穿過機場海關
但那全不是旅行
全是憂鬱疲憊的出發
我像一個老人只想待在自己熟悉的這座城市了
但我的朋友跟我描述沖繩
她寄給我廉價航空的資訊
她描述給我聽

那在無數小島間搭船
整個人躺在甲板上
像睡在海的上面
海浪的高舉，懸空摔落，一個圓弧裡碎開的小波浪
上下左右被拋扔，接住，回到嬰孩時期
身體最隱密的記憶
你會那麼安心那麼安心的熟睡
我的朋友們
在逐漸老去的途中
有的去過一些年輕時書裡描述細節讓你心痛的城市
布拉格、莫斯科、巴黎、大馬士革、布宜諾斯艾利斯
有的迷上沙漠，一次又一次進去
有的不和我們聯絡了
背包去西藏這比較艱苦一些的地方旅行
印度、祕魯
他們回來後，臉上都帶著吸毒者或熱戀者的
迷醉、夢幻
我覺得我不會有想旅行的欲望之芽了
我說我老啦、跑不動啦
而且我太窮啦
但這次我像腦袋被下了咒
就是想去一次沖繩
這兩天睡前都跟小兒子碎念
「你爸爸我等忙過要去沖繩一個人旅行」
他都如常當我自言自語，或和睡著狀態打呼磨牙放屁無差
昨晚睡前
我又開始要跟他放話「我要去的仙境」

但突然怎麼也想不起那地名
（早發性老年癡呆症？這幾年
常就在演講中，熟到不行的小說家名字
在那當下，無論如何就是想不起那名字是甚麼
像腦袋中，那一小區硬被挖掉了？）
「啊～嗯～我就是要去那個嘛……你知道的……」
小兒子開始玩他可憐的爸爸
「北極嗎？馬達加斯加？珠峰？撒哈拉沙漠？」
「不要吵！
欸怎麼就是想不起來？
就是古時候叫琉球的那幾個島
嗚！」
小兒子看父親在失憶之河掙扎許久
最後才不忍心吧，丟下救生圈
「沖繩啦！
連名字都想不起來
還夢幻地咧？」

讚許

我和小兒子躺癱在客廳地板
「好熱啊～」
這時牡丹在我書房亂吠
我大吼（因還是怕吵到鄰居）「牡牡！」
小兒子說
「我看一本書說
小狗在亂吠時
這個族裡的首領如果發出短促大吼
小狗會以爲你在讚許牠」
「眞的嗎？不會吧？」
後來我們聊起以前的鸚鵡阿波
啊牠眞是隻壞鳥
我問小兒子
「以前阿波會在你和葛格手上啄理羽毛嗎？」
「會啊
但每次睡前你命令我抓阿波回牠的小窩
阿波那時飛行技術超好
超難抓
但我還是會把牠逮到」
我說「所以金太陽鸚鵡的智力雖然到人類四、五歲小孩
終究還是鬥不過人類吧」
小兒子說
「是啊

所以人類登上澳洲海岸就滅了『牛頓巨鳥』
登上馬達加斯加海岸
滅了不會飛的『象鳥』及巨大狐猴
登上紐西蘭後，滅了十一種原生孔鳥」
他說這些時
臉上的靜謐表情
會讓我動搖，我對他未來會變成痞子的預測
「難道千萬分之一的可能，他會變思想者？」
但他下一秒的行爲
讓我立刻甩頭甩去那一個父親不可能的妄念
他把身體在地板，像某種旋轉展示檯盤上的汽車
那樣三百六十度的大車輪旋轉
在一恰好屁股對著我的臉的位置
且我尚未反應過來的瞬間
放出一串並不大聲噗嚕噗嚕的水屁
我怒吼「阿甯咕！」
小兒子說
「是吧？爸鼻所以每次你吼我
我都是接收爲，你在讚許我啊」

插畫／林怡芬

怪北杯

一個阿嬤
帶著她小孫女
坐我一旁的咖啡座
我自覺的熄了菸
那小孩不時偷看我，一臉恐懼（我習慣了）
過一會我聽見那阿嬤在教小孫女英文
但她的教法，連我這英文爆爛之人
都覺得怪怪滴
「這個One你就想『One老先生有塊地啊，咿呀咿呀 』
這個Two呢，你就想『你這個Two驢！』
這個Three最簡單！就是『水喔Three喔～』
Four呢，就是欸，『我Four慈悲好了』
Five也很簡單，就是『你Five Five（你壞壞！）』
Six喔比較難，啊就『你Six去叨位啦？」（你死去哪啦）』
Seven不必練，就『7-11』
Eight就想『Eightㄅㄨㄧˊㄉㄟˋ』
Nine就想打電話給奶奶『Nine Nine妳好嗎？』
Ten比較難，不過保證全國沒有人教你這個秘訣
『我家小狗沒事喜歡Ten一Ten牠的屁屁！』
怎麼樣？有沒有超好記？
來，跟阿嬤念一遍
汪！吐！水喔！佛！壞！死去死！Seven！ㄟˋ！奶！舔！」

「太棒了！蕙蕙好棒！這樣就不怕去外國啦」
孩子的媽回來
跟阿嬤交接
然後阿嬤走了（或只是去買東西？）母親留下來
小女孩壯了膽爬靠近我
年輕的母親抱歉對我笑
我說「她好漂亮喔」
小女孩於是臭屁對著她媽，口吐一串一到十的英文
我也一旁慈祥笑著「好厲害喔～」
那母親聽那孩子開心的念完
大驚失色
把孩子抱開
我彷彿聽見她內心大聲的O.S
「離那怪北杯遠一點！」
（但不是我教她的啊！）

逆境

早上約十點吧
被電話吵醒
小兒子在好像很遙遠的那頭說
「爸鼻
早上請你簽的那些通知單我全忘記帶
請你睡醒後送到學校來」
我其實還一半在睡夢中
「唔～唔～好的」
「那你會睡到幾點？」
「中午吧……」
總之又趴回去睡了不知多久
之後真正醒過來了
但我好像被人催眠，然後動過手腳
把腦袋裡一只別著備忘小字條的迴紋針
給拔掉了
「有什麼重要的事？怎麼想不起來？」
「好像是跟家事有關？不是外面的約？」
「是衣服還沒晾嗎？」
跑去後陽台 把洗衣機裡的衣服
拿出來一一晾好
心中還是不踏實
「噢對了還沒餵狗」

嘩啦啦啦把三隻呆狗都餵啦
還是怪怪的
把狗尿用好神拖拖一拖
把水族箱裡的魚也餵啦
還是不對，怪了，我被MIB星際戰警那台閃光清除記憶機
閃過了嗎？
正想坐在踩腳凳，剪個腳趾甲（很像電腦選號，看會不
會好運對到）
這時電話又響
小兒子在那頭哀怨的說
「爸鼻，我在學校大門警衛室旁
等你快一個小時了……
我狂向他道歉
跳起穿衣穿褲穿襪穿鞋
訓斥也嗨起來亂跳擋路的狗兒們
衝出門

但到了學校
已一點二十他們上課了
約好的穿廊台階空蕩蕩沒一個小朋友
我只好把東西留在警衛室
總之
這天從早上送他們乒乓匡啷出門
到課後英文班接他時
已是六點半天黑，馬路車潮洶湧之時
我以爲碰面時他會責怪我
沒想到小廢材完全忘了我害他

晾在學校門口一小時之恨
如常開開心心耍寶
恰我又要帶他回永和看奶奶
計程車上
他說起「今天超倒楣……」
從忘記帶簽名通知單，到中午寒風中枯坐等我一小時
下午體育課老師讓他們啥開合跳，超累的
剛剛去上英文班
有一本文法本，上次掉地上被牡牡尿尿在上面還咬爛
爸鼻你不是把它丟了
結果害我被那老師痛罵一頓
他說著這些的時後
我突然覺得好像小版的我喔
只差沒叼根菸
說起人生那一路經歷匪夷所思的倒楣遭遇
卻又悠哉、慵懶，一整個廢
「反正唉呀現在都過去了，哥兒不是好好坐這兒扯屁嗎？」
講著講著又意興盎然起來
所有的逆境到頭來
也就是公路電影那樣可以臭屁拿來吹噓的怪冒險
我想他要到了很大很大以後
才會意識到
這種不掛心、不糾結、不記恨
是上天贈與的禮物吧
但我難免還是內心對他有愧
遂給予他兩項賠償
一是帶他去奶奶家附近

竹林路上的南川麵館吃了一大碗牛肉麵
這隻小豬好像中午匆亂跑去等我，沒吃飽
真的餓了
又問可否點一隻炸雞腿
二是讓他在麵店對面的一家文具店
可以買一百元額度的隨便啥垃圾玩具
後來他看到竟有我小時候那種「五角抽」
便買了一盒蜜糖蕃薯
這兩項賠償後來的發展是這樣的——
那盒蜜蕃薯
我和他和他哥
後來搶奪發生爭執
他們兄弟倆，還傻傻照著抽那小紙籤
「仙女可拿四塊，仙童可拿三塊，仙鶴可拿兩塊，老虎只能拿一塊」
我經過時，抓了黏黏一把塞嘴裡（太好吃了）
「爸鼻！你怎麼不抽牌！亂抓那麼多！」
「我抽啦～」我唬爛說
「我抽到玉皇大帝，愛吃幾塊就幾塊」
「霸凌親生小孩的蜜蕃薯暴龍！」
從奶奶家回到我們家後不久
小兒子跑來跟我說他的發現
「爸鼻，我晚上好像吃太多了（去奶奶家又吃元宵和姑姑的素水餃）
剛很舒服的吐了一小口ㄆㄨㄣ
沒想到牡丹經過
順口把它吃掉了

我發現我們家三隻狗
都是不插電的活動家電
端端是電動刮鬍刀（因爲這隻癡情的狗，每次我回家
她都像久別重逢，不知怎麼表達那澎湃的愛意
會激動嘁嘁促促啃我下巴的鬍子
兒子們便說，端是爸鼻的電鬍刀）
雷寶呆是霜淇淋機（不解釋）
牡丹丹是吸塵器啊
多麼的便利啊！」
我說
「雖然你說的很欠打
但確實牠們都是你的小狗啊」
小兒子以爲我會說出
他是一台更大、更噁心的家電譬如洗屁屁馬桶之類的
「噁爛電器阿奏（祖）」
其實我心中想的是
「因爲你們都有
把本來無法挽回變黑暗、醜怪的事
奇幻變得美麗、傻樂的能力啊」

面子

前幾天
我和兩呆兒，還有小兒子最好的朋友紹如
一起在「貳月」吃炸醬麵
我看見小兒子用哀佩在玩「神魔之塔」
我知道全國小孩都在玩這個
但非常詫異這小子的技術如此高超
我感覺他的手指在觸面板上亂畫
那些像教堂窗子的彩色玻璃
便漫天碎裂、紛飛，奼紫嫣紅亂舞
我年輕時也算是電玩咖
一看就明白了
「你怎麼那麼厲害？你是不是常躲在臥室偷玩？」
這小子當然脹紅了臉否認
因爲他的朋友在
我也不好多說
不過我們和這紹如也超熟
所以我也沒很見外
跟小兒子宣達
「回家後把哀佩交給我，以後有功課需要上網再來跟我拿
他馬的玩到這種等級，肯定很長時間在偷玩」
後來他們的母后降臨
我們非常開心的一起用餐
這之間我對紹如說了幾個（妻和兩呆兒都聽過多次的）

屁笑話
那小孩笑得咯咯咯
大兒子和小兒子，一臉「又說這老梗」瞧不起的表情
卻又有一種期待，這紹如聽了這些笑話後的反應
微妙的少年彆扭、輕虛榮
總之，我們後來一起散步送紹如回家
我跟妻說
「我真激賞紹如這孩子，我說的笑話他都那麼捧場」
但後來我發現小兒子一直綳著臉不理我
他們的母親問了這難得不開心的小朋友怎麼啦
之後便來低聲說我
「爸鼻，你以後不要在他同學面前訓斥他
你自己不也是個『說不得先生』？
你看他皮皮的
其實最要面子了」
好咩，我心裡想，怎這樣脆弱
咱們可是大塊吃肉大口喝酒的豪邁個性啊
忍不住嘴癢癢
「你們爺爺當年啊……」
「爸鼻！」母后曰——這潛台詞便是（再胡說等下就播
放米高梅電影片頭
的獅子吼喔）
當下無話
今天我帶小兒子和他昔日家教Ｊ一起去吃清粥小菜
兩大人東聊西聊
聊起剛剛，我們父子再度攻打後陽台
「搜尋死老鼠」

我們戴上口罩，還在鼻子噴了些白花油
想壓住那腐臭的味道
沒想到白花油太嗆辣，整個眼睛睜不開
於是我又下令「撤！」完全像達叔和周星馳
又說起前天我去參加個小型國中同學會
非常感慨、懷念
當然也就講起一些當年衰事糗事，當時暗戀的女孩啊這些
但後來我發現，當我跟我哥們說的眉飛色舞時
旁邊一直有雜音、畫外音干擾
原來是這小屁孩
我在講話，他就在旁邊亂旁白
破我的梗，洩我的底，吐我的槽
我很像在泥濘行軍，總覺得很阿紮
後來我忍不住吼他
「你他馬在亂說屁話，小心我k你喔」
那非常微妙的察顏觀色、互相確定
爸爸你是眞的動氣了嗎或兒子我現在是眞的不爽嘍
總之他安靜下來
氣氛還是融洽、廢材
我繼續跟我哥們臧否天下大勢
之後我們又去水族店買了紅蟲
跟Ｊ告別、分手
那時，我對小兒子有些過意不去
說
「你知道剛才吃飯我爲什麼喝斥你嗎？」
我正想接著說
「以前我小時候，爺爺跟他朋友聊天

我敢在旁邊插嘴
一定被痛扁，爺爺會說：小孩子不要一副油嘴滑舌的樣子
爺爺說，我們駱家的家風，要「拙」
但我還沒說
沒想到小兒子回答我
「知道啊
媽迷都告訴過我啦
她說你和我個性一樣
不能忍受在朋友面前沒面子
就像那天你在紹如面前亂說我偷打電動
我很生氣一樣嘍」
什麼跟什麼嘛？
這小子的自我感覺也太好了吧？
不過既然他沒往心裡放
那就好吧，算了吧
我摸摸他頭，說
「沒錯！所以我們以後都要讓對方在他朋友面前有面子
是吧？」

張飛

出門前
小兒子抱著雷寶呆推開我書房門
「爸鼻
您的赤兔馬來了」
那呆狗一臉無辜傻相
像一隻可愛小黑熊
根本騎著不可能上戰場
我說
「對不起，我今天是要去扮張飛！
赤兔馬是關雲長的座騎
張飛是步兵好嗎？」
過了一會他又推門進來
「那我幫您扛來您的兵器丈八蛇矛啦」
我一看
是我家拖狗尿的好神拖拖把
唉，還好千年前張飛沒生這樣個兒子
不然他可能早早就戰死犧牲了
不過這小子對我「要去扮張飛」這事可真投入啊
「快去準備你的期末考！」
「爸鼻
不然您可以騎您的愛犬牡丹丹當坐騎」
不知何時，他們把牡丹丹分派成我的愛犬
牡丹相較兄姊

腿短肚胖
「對不起三國的武將沒有人騎小河馬出陣好嗎？」
我出門前按例會緊張
跑去蹲馬桶
正在冥想，突然聽到小兒子
用一種打更人「小心火燭」的嗓音在門外喊
「張飛在馬桶上睡著嘍」
「張翼德掉進茅坑裡啦」

為什麼他對我去扮張飛這麼興奮？
我生命中有許多比這更重大緊張的出席什麼什麼場合
出門前他們從不理我
或許在他們心中
我是個無業遊民的廢材老爸（嗚～）
只有這回要去「扮張飛」讓他們從心底產生一種
「終於要去幹一件轟轟烈烈的事啦」的對父親的敬愛
我想他們是否搞錯了
我是去支持多元成家啊
不是去應徵歌仔戲演員
或廟裡的出陣八家將好嗎？
或ㄅㄆㄇ猴園在園區走來走去的吉祥物卡通人？
請兒子你們不要這麼關心我
一副怕我應徵不上的，關懷

總之
出門前
他又去拿他的鋼彈戰士

一隻他說「他就是張飛」的矮個子公仔
讓它騎在一隻發條鴨子玩具上
「走開！我要去演張飛，不要破壞我的殺氣」我差點哭了

整個拍照的過程就不多說了
因為自掏腰包發心玩這個活動的鍾
說到一月底才會發新聞
我不好在此洩漏軍情
但當可愛的化妝師幫我塗上「張飛裝」黏上鬍子後
我從鏡子裡看見自己的前世今生
我站起來，跟化成紅臉關雲長的大寶說
「他馬的我們現在就近去搶銀行吧！
也不用帶絲襪頭套了」
簡直就是，嗯，怎麼形容，就是
吃胖逃兵還是被抓去當兵的張飛啊！

我他馬的走錯行了
難怪辛苦坎坷
我根本就該去當張飛的！（不過好像沒有這種行業）
我如果這身打扮穿越時空到三國
張飛本人見了我
都要下馬拜見
「噢！我不該打扮，模仿成你的造型！」

結束後
貼心的攝影師給我兩張劇照
我帶回家驕其妻兒

不想他們看了
全發出噗嚕噗嚕的不禮貌大笑
小兒子說
「哈哈，這哪是張飛？爸鼻，你是黃巾賊嘛！」
我非常生氣
說
「當今華人世界，我敢說，沒人比我更像張飛
張飛不是睡覺還睜大銅鈴大眼嗎？
你爸真的也會這招耶
當年我念研究所
有一門課是個老先生
那上課是十個學生圍坐著一張橢圓長桌
所有人全睡得東倒西歪，鼾聲拱拱
只有你爸我
就正對那老教授的對面
我怕他沒面子
所以硬撐著不敢睡
他也淚眼汪汪只對著我講
但真的好睏、超睏、超想睡
你爸就像張飛那樣硬生生睜大眼睡著了
下課後
我的同學劉亮佐非常生氣來責罵我
『幹！你，我第一次見到有人會睜眼睡覺這一招
還皺眉，好像在思索老師說的內容
還會點頭，好像理解老師說的
他馬的你們沒看到老師對他說著，那兩眼像終於遇到知音的光輝

但我明明坐他旁邊
明明聽到他打呼的聲音』
果不其然
那學期那門課，我拿了最高分啊」

圖片提供／鍾聖雄

張飛肖像

小兒子對我預告的張飛肖像非常感興趣
小時候他曾拿有我的頭的雜誌封面
用油性筆畫成
天線寶寶、絲襪怪盜、或鳳梨頭
我非常生氣
但這次我發出得意豪邁的笑
「哈哈哈！你畫啊？張飛的整張臉是黑的
我就不信你還能在我臉上畫出啥？」
沒想到這混帳竟說出一句不孝的話
「惹到我？」
他說
他小二還小三時
美術老師叫他們班小朋友
兩兩一組
互相畫對方的畫像
他和一個小女生一組
對方畫得正常而平凡
但小兒子畫對方，畫著畫著
把對方女孩家畫到哭
而且可能忍耐很久才崩潰
嚎啕大哭，老師怎麼哄都哄不停
（可能像狗仔把美麗明星拍到摳鼻孔或豬嘴，翻白眼的醜照吧？）

我問「你把她畫成怎樣？你這樣傷一個少女的心，可能要娶人家喔」
他說
「我只是把她畫成洗鍋鋼絲的頭髮，然後用紫色蠟筆畫她的臉
後來我覺得把她的下巴畫太像馬玲薯了
想出修圖的方式
就把那原先是下巴的部分
畫成耶穌基督的鬍子
後來她很生氣
要打我
我就把她的手畫成連環動作
但技巧太差
變成一隻怪頭八爪魚……」
我想了想
說
「好的，你贏
明天我們和光興阿杯他們去河堤放炮
我答應你多加五百元的基金買蝴蝶炮
而且你今晚不用寫小日記
請你不要亂畫我的張飛頭像」
這種勒贖的手法就像文筆特爛的人
威脅要幫哥們寫傳記，大家很害怕
掏錢買斷全部的書一樣
可以謀生了嗎？

宵夜

搭到一台計程車
司機跟我大聊宵夜
（他都開夜班到深夜兩點）
重慶北路哪個巷子的老北杯清粥小菜多讚
來來豆漿店現炸好的新鮮油條還可以啦
萬華哪攤的麵線羹
他說，年紀大了
也知道深夜不要吃東西
或有些東西吃了對身體不好
「但就是夭壽最不健康的最香
像我老婆買炸雞腿回家給我吃
就會先把雞皮都剝掉
我都不敢說
那雞皮剝了，那吃起來還叫雞腿嗎？
╳╳╳最香就是那炸的油死了的那層皮
灑一點胡椒
喔，那個香，吃到肚子裡
你的胃都覺得好幸福好安慰」
他說的我好饞
我覺得他眞是萍水相逢一知己啊
爲什麼我們倆一在前座一在後座
虛空畫餅，都饞的淚眼汪汪
我捶後椅背他捶方向盤

「眞的深夜吃泡麵加眞空包阿婆鐵蛋最爽了！」
是說我們都是看起來老胖子
不然說到這麼酣暢
眞該像年輕人耶擊個掌
「深夜買鹹酥雞回家吃最爽了！」
但後來他黯淡下來，說
「但我去年小中風，我老婆就不准我半夜吃油炸的……」
「我也是！我也是前年小中風
不過我還是會偷吃雷神巧克力！」
「那是什麼？」
我好像在最嗨時把氣氛變冷了？
不過他人很好
下車時他還說
「我們一起為半夜不要吃宵夜奮鬥吧！」

舊照

我說「你們看看，你爸爸也有這樣瘦的時候」
小兒子「不可能吧！我還以爲您老
一出生到現在，都是『持續均衡變大的胖瓜』？」
我不好意思的說
「我自己也記得好像一路是胖瓜人生啊？」
小兒子說
「我知道了，是修圖！修太大了吧？」
「他馬的令北是電腦白痴，會修圖才怪」
我開始跟他回憶，依稀我瘦的時光，啊啊
「我也曾經是穿L號的人類
不必去大尺碼店買3XL的河馬裝
多麼滴省布啊」
但這混帳又犯了不專心廳父親「追憶逝水年華」的老毛病
「咦？小端！」他驚呼「就是嘴黑了點」
「那是我在陽明山時期養的愛犬
她叫古嘎，超有靈性超死心眼
智商高，眼睛像會說話
她的性格眞的跟小端一模一樣
後來我把她和另一隻叫多多的狗
扔回永和讓奶奶和姑姑她們養
說來她算是被奶奶她們疼愛的過了一生啊
我有時覺得小端是她投胎轉世再續人狗奇緣……」
小兒子大喊「小端的前世今生！」

說起來，我眞想念我養過的那些狗兒
我眞懷念在陽明山的時光

（感謝蘇春榮先生，您找出的這舊照 :"D ）

併桌

一個人去吃一家意麵
生意太好
胖老闆娘讓我去「併桌」
就是一張八人大圓桌
我去坐在一家三口對面
他們面前堆著澎湃的菜
我則點了一碗意麵
一鍋臭豆腐（非常辣）
一盤筊白筍沙拉
後來我發現那三口並非一家人
是一對文氣的老夫妻
和一個獨自的中年女人
這中年女人提來大包小包占了周邊幾張椅子
且她吃的超多
桌面上若分魏蜀吳
我自然是蜀國
那對老夫妻有魚湯有切肝連有涼拌苦瓜還有鵝肉
算是吳國
那、那女人一個人吃的整片碗盤
氣吞長江，就是個女曹操啊啊
超有氣勢，絕對有五碗意麵
鵝肉那大份讓老夫妻的好像兒童餐，各式下水、蝦、酒
精小火燒的魚也是不下七八盤

還放一瓶金牌台啤自斟自飲
超豪邁
（還擤鼻涕，一旁堆好幾坨衛生紙水餃）
之後
又有一對年輕男女小情人來併桌
坐我另一邊
女孩眼睛很大，是正妹
後來老闆娘扔過來一盤薰茶鵝（約半隻）
女孩貼著男友耳邊小聲說
「你叫錯了啦」
但那男孩也是害羞靦腆之人
作出張頭探看，並不敢去跟店家換
女孩聲音很輕柔，但看得出將來他們若結婚
是她說了算
「就說你叫錯了
等一下你就知道！」
你看得出這小公主急了
我看這小子將來不好混啊
我因心中一動
看這男孩滿臉通紅
想到我兒阿白，將來或是這樣
怕羞而寧願裝這就是他本來要叫的
我想就把那盤茶鵝認過來
算我叫的吧
但我是吃素的
一個略猶豫
我另一邊那女曹操頭都不抬

（埋在一碗意麵裡）
手伸過來，越過我，把那盤茶鵝接過去
「沒關係，給我」
直接已一筷子夾了一塊往嘴裡塞
哇靠！
超man！
若非我已有家小
很想問，姊敢問妳混哪的
打個屁，哈哈
「我們大家這樣被併桌
感覺好像一家人喔？」

無聊

搭計程車時
運匠非常興奮要我們看前頭一輛黑車子
「你們看，你們看
他是一輛裕隆的
給人家改裝成賓士330
罵克全貼像眞的一樣（眞的有個賓士的銀徽）
啊就是一輛噗噗車裕隆2000嘛
眞的很無聊耶」
然後他略超車
「你看
連輪框都換成賓士的
你看旁邊那輛眞的賓士的
看到不是氣死？
你有見過比這更無聊的人嗎？」
下車後
小兒子問我
「爸鼻
那樣就是很無聊嗎?
我差點跟那北杯說
我爸以前會拔它鼻孔裡的白鼻毛
要我們觀賞
還說『你看我的白鼻毛像牙刷毛一樣硬喔』
然後拿白鼻毛刺我們的臉和脖子
他比那噗噗車主人無聊吧？」

心得

有一個國小二年級的小女孩
問我
「車子走錯路
猜一種藥？」
我「友露安？行軍散？臭藥丸仔？撒隆帕斯？」
（擺明亂猜）
她說
「不是，不是，都不是！
是「白花油」啦！」
我被激起鬥志
「下雨天，哪種動物不會被淋濕？」
「哪種啦？」
「長頸鹿
因爲『長頸鹿美語』哈哈」
我又說
「哪種水果會答數？」
她生氣了（好可愛喔）「哪種啦？」
「葡萄，因爲『葡萄，柚！』」
哈哈
她說
「小明的媽媽有五個孩子
老大叫大寶，老二叫二寶，老三叫三寶，老四叫四寶
那老五呢？」

我「五寶？」
「叫小明啦！哈哈」
唉你知道這樣的小女孩那麼得意笑的模樣
眞是寒冰都會融化啊
後來要分手時
我說
「下次我帶阿甯咕葛格來陪妳玩
他的笑話超多喔」
後來
在同一家咖啡屋
遇到一位老友
他超廢材
我超欣賞他
而且若非這哥們是廢材
其實他蠻帥的（有點像柯受良，和郭富城之間）
我們一起抽菸
他拿出手機
像這種自戀老爸
給我看他女兒的照片（國二）
是個小美女！
他說「上回不是說我們這個
要和你那個小兒子指腹爲婚？」
後來
走回家的路上
我暈陶陶的
有兩個心得

1

還好我沒生女兒
啊
我若有女兒
一定完全沒輒
寵到爆，一定長大變那種任性壞女孩

2

還好我是如此衰咖老百姓
若我是古代大王
以我這麼愛到處認媳婦
有天兒子長大了
發現為何父親為何幫他亂認了一屋子媳婦
他全不認識啊

唬爛王

小兒子今天又做了件蠢事
他哥出門，回家按電鈴
他要跑去按對講機開門鈕時
我在書房（我的書房像警衛室
在我家最外最靠門的小間）聽見砰磅！
超大聲
原來這小屁孩莽莽撞撞
滑倒了
膝蓋割了一道口子
我跑出來看，後來他哥也上來了
我們發現那牆面被撞出一個超圓的洞（像被高速棒球發射機擊出的）
更怪的是
我們竟然可以看見那圓洞裡的管線、鋁箔（可能是防火材料）線盒
我們非常詫異蹲那圍觀那個洞
「怪怪～」我嘖嘖讚嘆
小兒子臭屁的說
「爸鼻
會不會其實你該送我去踢足球
我是不是被埋沒的少林足球天才？
你看我一踢
連牆都被貫穿一個圓洞

我去踢罰球
應該會踢出火球吧？」
我正要罵他
他自己獨腳在那該該叫亂跳
「唉噢！唉噢！好辣、好涼！」
原來這白癡拿萬金油塗擦那割傷的口子
我說
「明天不准要我幫你請假喔
我要翻臉喔
上次請假的理由是家裡狗打架
勸架拉開牠們而被咬傷
上上次是去陽明山玩
肚子吹風而狂拉亂吐
雖然都是眞的！
但若我再跟老師說
你滑倒踢爆家裡的牆所以膝蓋受傷
老師一定崩潰、抓狂、翻桌
以爲我們父子是唬爛王！」

活字典

小兒子問我
「爸鼻，『職』這個字可以造什麼詞？」
「啊？職業槍手嗎？」
「算了」他低頭查哀配
然後說「怠忽職守」
我說
「你查那是啥屁？
造詞是吧？直接問我！
不知我的綽號嗎？living dictionary！
活字典！」
「我這是教育部國語辭典」
「教啥麼部？直接問我！」
「嗜」
「不良嗜好？嗜賭如命？」（爲何我倆相視，都想到我站在彩券行前的堅定身影？）
「我還是相信教育部好了」
他查了「嗜之如命」
「這有比較好嗎？但爲何你一定要四個字的成語？兩個字不行嗎？」
「我就是想創記錄要每個字都造四字成語」
有時他會讓我想起對吼他是處女座
「爸鼻，『迴』？」
「人在迴徒？當時好迴？」

「你這個白字大王！」
這次教育部給了個連我都沒聽過的「天高地迥」
「這是啥？天指父，地指兒子嗎？是老子我人格超高潔，兒子你好迥嗎？」
他完全不想理我了
「橘」
「欸，等等！他馬這題我眞的會
「發條橘子」眞的！你就這樣寫，你們老師罵你，你就說是一部經典名片
導演是庫伯力克，超變態的這部！」
「南橘北枳」（他的表情眞讓我想起從前老毛搞的「我不愛爸爸，我不愛媽媽
我只愛哀配」）
「梢」
「哈～哈～哈～哈～（周星馳的笑聲）這題他馬你找到四字成語
這禮拜狗尿全我拖」
「喜上眉梢」（啊？令……教育部卡好！）
「唧」
「唧唧歪歪嘍」我突然正襟危坐起來，「等等，等等，我加碼，我梭哈！
一年份的拖狗尿
這他馬有四字成語，有鬼啦」
他查了
「耶斯！還眞的有鬼！爸鼻，對不起啦
喔，一年不拖狗尿好懷念好落寞喔
『鬼鬼唧唧』」

我差點用這個字造了個七字成語
但之後我就奄頹了 自暴自棄了
「蜥」
「蜥蜴他爹」
「蜴」
「蜥蜴他娘」
「蔗」
「蔗？甘蔗包甜？不甜免錢？還能有啥？」
他查了『甘蔗顛子』
「那是啥？」
「教育部說『甘蔗的頂端』」
「他馬『甘蔗顛子』也可以?爲什麼發條橘子就不行？」
我想我可能是全國唯一一位爲小學生造詞作業
想翻桌的家長吧？
之後又看到幾個眞是從不知道的四個字的詞（眞長了見識啊）
「蕃籬之鷃」（比喻見識淺陋）（比喻我嗎？）
「羊撞籬笆」（比喻進退兩難）（諷刺我嗎？）
「舐癰吮痔」（蠻噁的，但我是第一次知道原來那字念ㄕㄨㄣˇ
也就是肯德基廣告該說ㄕㄨㄣˇ指回味樂無窮？）
總之
在博學慈父的陪伴下
他沒採用我半個提議的，把這項功課完成啦
現在小學生不容易啊

築巢

家裡開始大掃除
就不說清「小兒子區」和我的書房
所受到他母親的斥責了
我的書房地面
之所以噁爛
全因有一條牡牡的「媽媽毯」
而她像知更鳥築巢
不知從家裡各處叼來各種垃圾
形成垃圾裝置藝術
我抖開「媽媽毯」
裡頭森羅萬象啊
有一顆完整的洋蔥（小兒子的生物作業）
氣球皮、襪子、內褲、鉛筆、拖鞋、奇怪的摺紙飛鏢
泳鏡、泳帽（這時我終於開罵）
家政課縫的爛圍裙（縫一朵爛香菇，家政得六十七分）
塑膠球、惡作劇眼鏡、外皮已被咬爛的發條浣熊骨架
（以上都是小兒子的）
藥膏、一罐小瓶裝臭藥丸仔（我不敢相信）膠帶捲
隔音牆海綿
（以上是我的）
我發現
小兒子、牡牡、我
形成一種奇怪的上下游垃圾場的食物鏈

小兒子從外頭，不知道哪
弄回家一堆拾荒垃圾
牡牡趁無人注意時
在屋子各角落叼來牠的築巢建材
而我，我的書房
就成爲這些垃圾堆疊的場所
這一切運轉的那麼順暢，鬼斧神工啊
這應是建材商、建築工人，和土地被剝奪的可憐老社區
住民的關係吧？
我們在抄牡牡的老巢時
牠一臉不安
我說「唉啊
總之牡牡築巢在這裡，也算是有種書卷氣啊」
他們大喊
「是豬圈氣吧」

時間都到哪兒去了

今天去咖啡屋趕了一小段稿
想家裡的大罐爽健美沒了
還要補一些洗衣精
也想學期末了
買一些豬大骨回去煮一煮讓小狗們啃啃開心
（其實關牠們什麼事？）
遂跑去松青超市
我在那些零食貨架前
掙扎要否買洋芋片當夜晚暴食症的零食
突然一穿制服的少年叫我
「爸鼻！」
我先還沒聚焦，沒認出
他把臉湊近我臉前
「把鼻～」
唔，是小兒子
「你怎麼會跑來這？
啊？放學不回家，跑來不良場所鬼混？」
「欸，這是超市耶！正派的場所
您老爲什麼也跑來這啊？」
我看他後面有個小個子看起來很皮的男生
另一邊有一群小女生
全像小動物推推搡嗓的笑
這些小孩眼神都很純

說實話我意外在這遇到他，我心裡蠻開心的
這小子看起來好像也挺開心
我逗他「要不要豪邁的爸爸去跟你同學說
你們在這超市拿的東西
全部駱北杯買單」
這果然嚇到他了
「喔～爸鼻，這很丟臉欸，求你不要～」
「啊！我口袋有爸爸化裝成張飛照，拿去給你同學分享」
他死拉住我「好啦我回去背單字啦，求您老放過我啦」
哈哈好爽
後來我發現那些可愛小動物的同學都很害羞嘛
後來都溜光了
「無聊男子」
「嗯？」（轉頭要去找他同學）
「啊！正直的男人，小說寫的好棒喔」
後來我跟他去夾娃娃機
那是一種布偶大槌
夾起一定掉下去
我們花了四十塊
明明有一隻在洞口邊
但就是重複夾起，垂直掉下，就不會掉出來
我說
「要不要你一夾起
我就用力搖這機台？」

我當年放學
在永和那些巷弄裡、河堤

和那些同伴們，鑽進酐仔店、漫畫出租店
或後來的破爛小撞球店、電動玩具店
和那些抽菸的七投仔擦身而過
或是幾個人推著偷來的腳踏車
到小修車店和那好像永遠蹲著補胎，拆卸腳踏車鍊
滿手黑油的老頭哈啦
有一次
我騎著ㄎ一ㄤ來的腳踏車
在那十二指腸般的小巷，和同伴追馳
差點撞上一個高大的大人
一抬頭，是我父親
「你會騎車？」
「這車哪來的？」
我當時眞是臉都嚇白了
（我父親非常嚴厲）
他只是嘆口氣「你這孩子，還搞多少把戲我不知道的啊」
他攏攏手，要我早點回家
那天回去也沒再提起這事
但後來我想
爲啥麼會在這時間（他應去上班啦？）
在這往河堤的路遇上我爸呢？
是否他也有他那時，也有我們孩子不懂的
人世上愈到的徬徨，打擊
苦悶到
想自己一人走去坐河堤上
看看河流，和當時還沒那麼多高樓的河對岸
抽根菸

也許他這麼大人了
也會有時
想他在大陸的親人，這些那些
有一首歌啊
「時間都到哪兒去了」
歌詞不怎樣
但光歌名，每一聽
就一陣頭皮發麻，溫暖而百感交集

往事

今天跟兩呆兒進行一場「父子聊天」
說起我當年考上文大森林系
好像是那年代大學聯招那個組的最後一志願
我第一年落榜
只差〇．五分上文大森林
重考了一年
恰好越過門檻多〇．五分上文大森林
「其實那時我的夢想是中興大學森林系」
「爲什麼？」
「因爲台大森林我不可能考上啊
我那個組很怪
總共沒幾個系
有個東海畜牧，我很嚮往東海，它校園超大超美
但你爸爸吃素的
念畜牧好像要解剖動物吧？
就集中念力在中興森林」
「台大森林的學生，好像有一年還半年
會去他們台大的溪頭實習
研究森林的總總
中興森林呢
有他們自己的惠蓀林場
就你們小時候我們跟函函他們去看螢火蟲那山裡
就文大森林

啥都沒有
就在學校一條小山路下
弄個「香菇寮」
就是個違建亂搭個爛雨棚吧
我們那些學長，都去香菇寮種香菇
系上還買一台烘香菇烤箱
說可以批發到迪化街賺點經費
我後來轉系
回去香菇寮找我的人渣好朋友
我還踢翻一桶水肥
弄得褲管鞋子，都臭烘烘的
他很痛惜責備我說那要當香菇的肥料」
「後來我轉系到文藝組
人家別人的系辦都會貼海報
『狂賀某某學長高中台大、政大、成大啥啥研究所』
之類的
就我們那廢材系
貼海報
『狂賀駱以軍學長轉系文藝組成功』」
「現在這個系也倒系了，不存在了
嗚！」
「啊？」
「我的好朋友，一個轉去畜牧系，一個轉去兒福系
現在這兩個系也倒系了，不存在了」
「這個農組呢很神祕
還有一個家政系，當年是只收女生不收男生的
你爸爸我的廢材朋友的朋友

考上不知哪間大學的家政系第一屆收男生的
全班就他一個男生
但他太廢了
期末報告要交一件各種針法的洋裝，或西裝之類的
他就交一條亂縫邊的抹布
就被當掉，退學，去當兵了」
「爸鼻，您老這種人才
當初是怎麼追到媽咪的？」
跟孩兒們說起往事
想起我從小在永和老家
我們都要聽我父親說他當年逃難，九死一生的故事
他年輕時轟轟烈烈的往事
爲什麼我跟兒子說自己的往事
內容這麼像《雙人冰刀組》、《小姐好白》、《保姆hold不住》、《熊麻吉》
這種廢材B級喜劇片呢
不過他們倆都雙眼晶亮，聽得蠻投入的
我也有種傻里傻氣的安慰就是了

恐懼的事

有一天和大兒子兩人走回家
他是個內向而安定的孩子
他突然問我
「爸鼻，你有恐懼的事嗎？」
「啊？當然有啊」
「譬如說怎樣的事？」
「很多很多啊
你爸雖然長這樣，其實膽子很小啊
而且啊，只要你有所愛的人
那就會變你恐懼的源頭
你會恐懼失去，恐懼他被傷害
或是說
有時你在一個非常快樂的時候
你就會恐懼，啊眼前這一切
有一天就會被滅掉，變成過去」
「那你要怎麼辦呢？」
這時我意識到我正跟一隻翅翼羽毛還沒長齊
但已對天空、飛行，開始幻想的青少年交心啊
我很想告訴他
生命會遇見的啊
比你年輕時最恐懼最恐懼去推測的邊界
可能還難以逆料
你可能會被遺棄、背叛，掉入絕對孤獨

因爲不可思議的不公義而眼眶眥裂
你會努力越過一個一個坎
讓自己更強壯，翅膀的每一次鼓動，可以滑翔更遠的距離
然後你會經歷、體會一些
比較抽象的，如果不浮濫，就是非常內在的詞
譬如愛、原諒、自由、鼓舞、相信、懷念
但就如光從黑影中發生
你也會經歷，比恐懼還眞實的
這些詞的相反一切
你會變得更強，比你能想像的要強許多
但沒有用，你還是會被擊毀
然後學習修復，重新再飛
恐懼啊
就像演化之所以長在我們臉部的眼睛、鼻子、嘴
有一天我不在你身邊了
你還是會用「我不在你身邊」的那眼睛
去看你會看見的世界
你會用「我不在你身邊的那種恐懼」
整合你活著的每個選擇
就像我父親不在了
但他一定無法想像
後來的我，比他在世時的我
翼展更大，更能試試不同的飛行方式呢
暴雨、閃電、漫天繁星或什麼光都沒有的黑夜
但那些大雁
也不因僥倖能繼續多飛一點

就不恐懼啊
我心潮洶湧想著這些（想對他說的）
但我卻像我一直是的那個父親
豪邁的對他說
「兒子
只要有一顆廢材魂
就無所畏懼啊」
他說「噢」
就不再繼續這話題
我好後悔啊
好想重來一次啊
重說一個比較讓兒子尊敬的版本啊

運動

我認識的一些女生創作朋友
後來都變超級運動狂
有狂去健身房的
有慢跑的，有瑜珈的
之前還有一位是練拳擊的
感覺反而是認識的男生朋友
不太有在運動（除了有一個登山狂，一個騎腳踏車上山狂）
在我還沒變胖子之前（不過這好像是二十年前了）
我可是可以跳起抓到籃框
更年輕時，練花式溜冰
可以在冰上彈起跳一圈啊
更別說高中鬼混時
也是亂練街頭打架招式
基本上我是兩隊人馬對峙
要派人上場釘孤隻決鬥時
我方一定派上陣的那個
我常跟哥們說
我是個武人，而非文人
青少年時我媽帶我算命
那算命仙也說我是雄宿朝元
武則頭角崢嶸，文則顛沛艱辛（這個我覺得是唬爛）
也有一個仙姑
說俺前幾世，是個大將軍

戰場上死在我鐵騎下的冤魂無數
所以此生自己會吃素，以解業障（這個我覺得是把上門算命者當智障）
屁這麼多
總之是，我對哥們，喔不，妹們她們超認眞運動
心裡頗嗤之以鼻
（難道生命的鐘擺，老了後都變女性超有生命力？而男人只能奄頽去看紅包場？）
大家還很認眞跑來要我要運動啊
我想我當初若非跑來寫小說
應該最好的路就是去格鬥擂台（像米基・洛克啊）
但自從上個月
我的大腸，像摩托車排氣管鬆脫
喔不，是憩室炎
之後，我痛定思痛，決定運動了
這二十年下來，我爲了養家、創作
整個太操，操壞了
感覺好像變一輛「除了喇叭不響，全車零件都嘎啦響」的破車
但我所謂的運動
就是從我去窩著寫稿的咖啡屋，走路回家
覺得跋涉了超遠
其實仔細算算
也就五百公尺左右嗎？
（就是計程車一次都還沒跳表的距離）
萬沒想到我變成一個
連小兒子都跑來挑釁

「爸鼻，奶奶說你是，秉ㄉㄨㄚ叮噹的嚕來嚕大顆
那是甚麼意思啊？」
今天下午
我如同關公上赤兔馬
叫周倉幫老爺扛出青龍偃月刀
叫兩呆兒幫我輪提水桶
我拿好神拖，把我們公寓噁爛的樓梯間
上上下下全拖了一遍
啊，眞是筋骨拉開，全身舒暢啊
「爸爸今天可是好好運動了一番啊」
「運動？您老那只是比，筆掉地上彎腰撿起來
多燃燒一卡路里吧？」

同類

暑假買的打折游泳券還沒用完
今天抓兩呆兒去「用了它！」
那游泳池的樓上
好像有個會議廳之類的
每次我們經過都會遇見一些公會之類的人
桌上排滿小三明治或小西點
還有茶桶、咖啡桶，和紙杯
都是穿制服或同質性很高的人
有時像一整走廊都擺攤
各種新發明的齒模或鑽牙機器
有時則是某些山野協會的
或銀行公會的，或是補習班公會
總之哪一行的人聚在那開會
我們父子穿過去就是明顯不是他們的人
我有時會說
「我好想吃那桌上的小蛋糕
他們應該以爲我也是來開會的人吧？」
兩呆兒就會非常激動 恐懼地把我推走
「一定會被發現的啦，你根本就像流浪漢！」
今天經過時，遇見一個奇景
那走廊魚貫走出的
全是大著肚子的孕婦
眞的我沒同時見過上百個孕婦同時走在一起

好可愛喔
眞的很像上百隻企鵝在走動
有的一旁有老公陪
有的則是兩兩挺著大肚子交談著
我非常興奮
「哇賽，你們看！這麼多孕婦
媽咪當初懷你們時
也是這樣耶」
我正陷入十幾年前往事的懷念
突然大兒子（竟不是小兒子）在我身後說
「爸鼻，您怎麼不去排隊？
這次她們一定接納你是同類
會讓你吃免費點心」
「胡說什麼！唉喲，你害老爸動了胎氣啊」

輯五

收信者

小花

我記得大一吧那年除夕
家裡一隻叫「小花」的狗死了
姊姊哭的非常傷心
其實那隻狗應該最認我
但牠死去時
好像是巨蟹座的姊姊最傷心
那時我哥好像在金門當兵無法回家過年
這隻狗的壽命非常長
對我們家的意義，完全是親人了
（我媽都喊牠「花一Ｙˇ 一Ｙˊ」）
第二天大年初一
我父親找了個紙箱
鋪了薄毯
把仍腴軟，毛色豐美的小花放進去
帶我和姊姊
穿過我們永和那像十二指腸狀迷宮的巷弄
漫天蜂炮炸響
爬過河堤（那時還沒有高高整個遮蔽河流風景的水泥高牆）
走到一處小灌木林
用帶來的鏟子挖土
挖了一個坑
把紙箱放進去
然後填土

等墳平了
要我去找根樹枝來插上
作爲來年再來尋的標記
我記得姊姊一直哭
平日嚴肅，不跟孩子表達感情的父親
難得有一種，怎麼說呢
把姊姊當大女孩了，因之對她的悲慟
有一種靜默，耐性，不打擾她，不打擾這純淨的哀傷的溫柔
他任著姊姊哭了許久
才說「好吧，走吧」
我記得那個畫面裡
那河流（新店溪）天空，遠處的橋墩
都是一種深濃的鉛灰色
奇怪的是
那之後
一直到父親中風癱倒，過世
我再沒那樣，和父親、姊姊、三人
安靜，悲傷，又緊密的在那樣一段路上走著
空中應是年節炮竹的炸響
但我或被某些電影影響
一直以爲那畫面，畫外音
有一嗩吶，迴繞的嗚咽
後來啊，很多很多年以後
父親的葬禮，最後的一關
我們將他送進火葬場的焚化爐
那個周圍不同桌喪家的不同和尚道士頌經聲

空氣中一種灰塵漫飛的燥
但我和母親、哥哥、姊姊，卻開始耍寶說起搞笑的話
我想父親在天上看了應該皺眉又安心微笑吧
因爲那時他的孩子們都已跨過人世的中線
都已學習了怎樣在純淨的哀傷
周圍包覆一個（水餃皮嗎？）知道怎麼捏勻褶皺
在娑婆苦海中翻滾卻珍惜，「接下來的活著都是祝福」
他只是先離開一下，的時光

我最愛她啦

今天按說該帶兩呆兒
回永和探視我娘
但他們各自剛開學
似乎都還在適應壓力變大的課業
我就自己回去啦
臨出門前，忍不住逗一下小兒子
「ㄏㄡˊ～不疼奶奶」
這小屁孩作出無比冤枉的臉
「怎麼可能？這是全世界最不可能的事啦！
我最愛她啦！」
我回永和後
我娘看兩呆孫沒一道回去
一臉失落
但聽我轉述了小孫子說的那段話
整張臉，笑的像盛放的花朵那樣燦爛
我心中暗想
這小痞子
將來一定有辦法，讓任何女人被他辜負
都決不會恨他吧

貓警官

回永和時
母親說貓警官前兩天來訪
帶了老家自己種的柚子
還帶了兩盒鋼彈超人模型要給阿白阿甯
貓警官是個極沉默的人
說來有恩於我家
十幾年前我父親中風癱臥在床
母親照顧他
其實這種三、四年照顧癱瘓病人的人
很像進入一與外界脫離的黑暗深井
身心上都承受極大的疲憊
貓警官那時是永和我家的管區
查戶口時發現這是駱以軍的老家
帶了禮盒在我家坐了一下午
他沉默靦腆
靜靜聽我母親聊我爸的事
老人家最快慰就是有人陪她說話
後來永和那老屋和隔壁相鄰一堵老牆坍了
鄰居習慣性氣勢洶洶要把責任推我家
我娘正不知如何是好
貓警官這時出現
對方一看是個警察來調節
氣勢就收斂了

殊不知貓警官是個文青
曾在舊香居遇到楊澤而背出他的詩
把詩人嚇一跳
且貓警官是個靦腆的人
後來他好像和我母親有他們的忘年交情
每年譬如中秋
就會上我家坐坐
我父親過世後
母親有點憂鬱，又因髖骨膝蓋都壞損歪曲
後來動了大手術
有幾年不愛出門
那像進入一老人的靜止時光
貓警官每次來訪
我娘就非常開心
變成是她的朋友
只是雙子座的她
每次總擔心
「啊他都很沉默坐在那
笑瞇瞇不說話
他眞的好老實
我總要想一些話題跟他說啊
後來變他在聽我說一些以前的事」
其實那角色應是我去做的
而我始終太忙亂，和生活搏鬥
每次回去
母親總忙著煮各式各樣的素菜
讓我和孩子們埋頭吃

或聽我說在外頭發生的煩心事、憤怒不義之事
然後用佛經裡的典故來安撫我
有時她爲我說的我承受的某些
人世裡抽象的陷阱、炎涼
擔憂的之後整夜睡不著
爲我念經
像替這莽撞不孝的么兒
和她的神明說情，叨絮請託
讓他順利點吧，讓他化險爲夷吧
這次回永和
母親說起貓警官帶柚子來探訪事
像再說一個她的舊昔年代的老友
而非我的朋友
那樣開心
她說貓警官坐了一個下午
開始有一段他們無話對坐喝茶
但後來她發現即使這樣無話喝著茶
貓警官這人啊原來也不會不安
他好像就是活在一個轉速較慢的世界哪
然後
貓警官開始，像小孩子跟他最信任的好朋友
說起他最神祕、珍貴、著迷的事物
他和我八十歲的母親
聊了一下午的外星人
美國當初登陸月球後
爲什麼停掉了這個計畫
那上面一定他們看見了不可思議的更高的文明

五十一區的祕密
還有美國國防部或太空總署，其實已被外星人控制
我母親轉述這些給我聽時
兩眼發光
似乎她若是晚生五十年
她會和這她的好朋友
一起加入那「外星人研究」的社團
（可能社員只有他們兩人）
「他還說，那些外星高等生物
才不用飛碟這類落後工具移動
他們都是打坐、冥想
就可以用意識波做時空跳躍旅行
那就跟佛經上說的一樣啊……」
我稍露出「唉，這有的也太唬爛」的輕慢態度
我母親就很認眞爲貓警官的「外星人學」爭辯
好啦，好啦，妳開心就好
我心裡想
但又深深爲，人其實可以對原本無知的領域
充滿好奇、快樂這事
那個跳ㄊㄨㄥˋ的展幅可以那麼寬廣，自由
覺得奇妙，感動

收信者

有時大兒子課忙
無法跟我們一道回永和看奶奶
我母親會用一張一張信紙寫家書給他
母親總神祕兮兮把信給我
不准偷看
我變成郵差的角色
大兒子好像也會等奶奶的信
問他，奶奶都寫啥啊
他也不說
但似乎我覺得他慢慢從小孩
在這過程變一
安靜知道自己是寫信那端之人
那麼重要，讓她一字一句寫著這生的回憶、生命感慨、
年輕時的小故事
他成爲一個「收信者」那樣的大男生啦
昨天回永和
母親又拿了一疊寫好的信紙給我
後來他們各忙各的
只剩我一人在神明廳坐飯桌旁
我忍不住瞄了瞄那信
看到最後兩行寫著

「阿白
這幾天
家裡那棵大白梅
開了整樹的梅花
好美好美
那是爺爺當年親手種下的喔
我站在梅樹下看那些花
好像你爺爺回來，笑得好開心啊」
我不動聲色
說要抽根菸
走出屋前
看那株梅樹
發現白梅都萎了都凋了
心裡很慚愧
每次匆忙回來，心中有事
又匆匆離開
竟沒注意那梅開的那麼盛大
站那兒抽了兩根菸
突然也淡淡的
懷想起我父親啦
（照片是請我姊寄給我，花盛放時拍的）

你兒子，可憐哪～

1

我父親生命最後那幾年
其實有點傻了，或是深深沉進那老人的寂寞
那時，偶爾，我，或我哥，或我姊
誰落單和他單獨在家
他會把我們叫去客廳
一團混亂說起他這生吃過的苦
許多是他童年、少年，乃至二十多歲逃難的事
我們從小，不同段子各自聽過無數次了
主要是他晚年這時
那些回憶失去了時光的座標
整團混在一起了
這樣的談話
最後父親會用一句像戲曲吟唱
悲傷但又像跟兒女訴那篇幅太大之委屈的
「你—爸—爸—可憐哪～」
後來我們兄妹背後都會學他說這話
有點拿這像老邦迪亞
一輩子超來勁且對人慷慨，自己兩手空空的父親無可奈何
後來他離開人世
我們這樣模仿
好像虛空中他已是個被我們封藏起來的

親愛的我們的孩子
後來
我有時（其實我才快五十歲）會對兩呆兒老狗撒嬌
學我爸的腔調，語氣
「你—爸—爸—可憐哪～」
意指他們別看我在家廢材啥都不做
「整天掛網」（小兒子語）
其實他們的爸爸，可是辛苦在外頭打零工賺血汗錢啊
當然兩呆兒完全不理我
這也算是報應

2
小兒子說
他被叫去一間教室
只有一位老師和他
發一些奇怪的考卷要他寫
有的是圖形
有的是心算
有的是念一串東西
然後要他倒過來按序寫
我們都很好奇「唔？那到底是什麼呢？」
我問他
「你走進那教室時
一旁有放一雙藍白拖嗎？」
「沒有耶」
「唔，嗯
那應該不是像火雲邪神的『不正常人類研究中心』」

「到底是爲什麼呢？
而且我忘記帶水壺進去
考到一半口好乾
我的注意力就開始渙散……」
其實我知道他喜滋滋的就希望這奇遇
是因爲他是個「意外的高智商者」
因爲我以前國中時
也被叫去做過測試
但當時是跟十幾二十人去的（很像木葉忍者村吧？）
但我想他那麼傻、廢
不要讓他有錯誤的暗爽
「會不會是有個計劃要拆除你們國中
於是挑出一全校最傻的
有個最低標準值
如果考過，你們學校就可保留
結果你也沒過
說不定寒假你們學校就被拆除啦？」
「會不會是中情局要測試
你有沒有資格養雷寶呆
全世界最呆的狗
一測，叮咚，OK！完美的呆組合？」
後來我們這樣說他
他有點不開心了
「欸，爸鼻
你們不要在那說風涼話
我可是被抓去做了那莫名其妙的智力測驗
超呆，超辛苦耶

有一題還問我『蓋公共圖書館的功能』？
我寫『夏天可以進去吹冷氣』
害我都沒上體育課我同學他們在玩躲避飛盤耶」
然後他冒出一句，老聲老氣，比我學我爸還像
「你兒子，可憐哪～」

胖麋鹿

今晚和妻兒穿過永康街
發覺已有一團一團的唱詩班
路邊唱著聖誕歌
混在迷離燈光，明暗流動的觀光客之間
那麼冷的空氣
他們的合音混聲，超美
有一群中年人拿著大聲公
邊唱邊幫花東弱勢孩童募款
我讓兩呆兒將我今天一活動出席費一半捐了
說不出對這人挨擠人
聽著那美聲像極光一摺一摺款款擺動
心裡說不出的感動和感激
我記得很多年前
在一個夢裡
我和我死去的父親走在一下大雨的街上
我記得夢中我知他已死去
但我像對老友說話（眞實這生我和他從未有過這時刻）
我好像是說，兩個孩子還那麼小
世路多險，我覺得挑著擔子好累好累啊
而夢中我父親對我說
「但你做的很好啊」
我父親是個老儒家
但我們很小時

家中（環境也並不好）就學新鮮擺假聖誕樹
並掛上一閃一閃的聖誕小燈和一些硬紙銀漆星星或鈴鐺
我母親也會學那不知哪看來的規矩
在舊絲襪裡放進給我們小孩各自的聖誕禮物
打個結繫在床頭
是以我對這節日
奇怪是有投影幻燈般的眞實情感
至今我仍覺得〈賣火柴的小女孩〉
是對世間收攝哀慟，最強大的故事之一
「你沒法把自己全燒光照亮什麼
但這個節日仍可以
靠人類微小的燭火、歌聲
祈求，許願，祝福平安」
今晚在街上
連妻兒都說
「爸鼻你怎麼聽到聖誕歌
就像胖麋鹿那樣開心跳著走啊」

食物鏈

我娘打電話給我
交代了些事
聽起來悶悶的
我看小兒子在身邊
就把電話交給他
聽他變成小寶寶可愛的聲音
我想我娘在電話那頭
應是甜的笑的嘴都合不攏啊
「好的，奶奶掰掰～」
他掛了電話
我問他「怎麼樣，奶奶和你講講話，心情好不好？」
小兒子問
「爸鼻您老，是問奶奶的心情好不好？還是問我的心情好不好啊？」
我咆哮「誰管你心情啊？
你整天樂子那麼多
有那麼多好玩的事可逗你開心
奶奶可是，跟你說上這幾分鐘電話
她會樂上一整天啊
我當然是問奶奶心情好不好！」
（這就叫食物鏈嗎？）

八點檔連續劇

今天回永和
母親眼淚都掉出來了
為了最近我家的小火災
還有我在吉隆坡機場的「機場迷路」
她消息緩阻，難免操心
也擔心我「捲進」這個那個
總之
害老媽操心了，眞不孝
（不過我好像從小就一直害她擔憂）
不過
後來不知怎麼
話題變她和姊姊晚上在看的連續劇
她們一邊看一邊罵
姊姊跟我講大致的情節
說是有個男主角，他是大壞蛋
（不曉得為什麼他是男主角咧？）
他到處騙有夫之婦的感情
非常可惡
（眞不知我家風純樸的母親和姊姊
咬牙切齒說這個劇，「變態」到什麼境界？）
有一次，他想騙一個有夫之婦
那個女的跟他說
你如果眞心愛我，就要做一件事

「喔，淑娟（或另個名字？），我願意爲妳做任何事」
登愣！下一場
是一堆穿很清涼的辣妹在一野台跳鋼管舞
那淑娟對這大惡人說
「妳如果眞心愛我，就上去跳！」（這些對白，姊姊是用台語模仿給我聽）
這傢伙要上台，一個光頭老闆不讓他上去
他掏出一疊鈔票
然後上去
把那些辣妹轟走
扭啊扭屁股很噁的跳著
他內心獨白「嘿嘿，這樣淑娟一定覺得我很帥。」
這時，恰好他的死對頭在台下看到（我說：啊這是誰？）
姊姊說你別插嘴，這個死對頭就內心獨白
（也是台語）「咦？這個臭人怎麼會在上面？」
一臉很妒恨的樣子
姊姊又跟我解釋
這個「臭人」的綽號
是有一次
他死對頭他們一票人要揍這壞蛋
這壞蛋被追，看到一個流動廁所
就躲進去鎖上門
沒想到死對頭這夥人就把那流動廁所推倒
滾來滾去
他爬出來時全身都是大便
他們還安排一個臨時演員阿婆
捏著鼻子走過去

說「啊擱勿係小孩，那麼大人還玩大便？」
就是這個死對頭
看到他在上面跳，但他穿的還很體面
那個死對頭就眼珠一轉
也跳上舞台扭屁股
並且把外衣脫掉
那淑娟就在台下鼓掌
那大壞蛋就想哼不能輸
兩個就拚起脫衣舞
後來都只穿一條內褲在跳
那淑娟早走了
他們倆卻好像此刻才發現自己熱愛跳扭屁舞的靈魂
下面找一堆臨時演員的阿婆，熱情喊安可安可
姊姊說到這裡我簡直笑岔氣了
我說「妳確定這是八點檔連續劇？不是《烏龍派出所》的劇情？」
母親在一旁像小孩子說
「對啊
我們每晚看，一邊看一邊罵
這個『變態』的！」
他們又說起另一部
《烏來伯與十三姨》
說非常扯
演了十幾年
我哥說，從我阿嬤還活著住深坑的時候
就每天在看（我哥那時跟我阿嬤住同一屋子）
我阿嬤是在我父親過世後

搬到永和跟我媽他們一起住
也就是我阿嬤在看《鳥來伯與十三姨》時
我爸也還活著
歲月靜好啊
結果現在，我爸已過世十年了
我阿嬤也過世七八年了吧
她死時九十七歲好像
結果我媽和我姊，還在看不知第幾集，人物星移斗轉的《鳥來伯與十三姨》
我姊說
好像第一代的只剩黃西田在演了
什麼彭恰恰、潘麗麗，早沒再演了
啊只要裡頭哪個演員不想演了
他們就給他亂編
譬如之前洪都拉斯演一個「阿洪」
一個管區警察
後來他大概不想演了
就一個大嬸問「啊哪欸這樣久沒看到阿洪？」
另一個阿婆就哭了
「嗚呼呼，好可憐，他去臥底被發現，殉職死去啦！」
之前還有一個安迪
因爲被抓去關
那裡頭的安迪哥也是劇情就說阿他去坐牢啦
超奇怪
永遠演不完的一齣戲
演員怎麼換都繼續演
我聽了只覺得歲月悠悠

我們幾個母親、兒子、女兒，也都這樣老啦
我覺得，很安心
原想提醒自己，晚上來做一次「你做的十件有價值的好事」的紙條練習
原本難免憂心，跟不同的朋友，想解釋什麼？往不同的礁岩裡提醒那美麗的部分
但在時間，更長的時間
我們單一個體
還是終究像一顆菌藻泡在一片大海裡
翻滾、流浪，死亡，或死之前，這某一次這麼突然抽離祝福眼前人的時刻
我說「你們說的是《百年孤寂》吧？」
我媽他們聽不懂
我說「你們說的是《火影忍者》吧？」

時光

十一年前的照片
那應是父親生命最後一個中秋節
他小腦大出血嚴重中風
我們又從死神手中把他搶回來
多了三年半「他猶活著的時光」
但那時光他是癱瘓臥床度過
我母親和哥哥照顧他，也吃盡了辛苦
（包括我娘後來的髖骨和膝蓋全毀）
他整個人似乎退化回小孩的純真狀態
那應是我家最低潮的一段時光
永和家中那幾隻老狗在那之間陸續不同的病死去
好像預先去當「死亡與國王的隨從」
在死境曠野預先替這老主人探路
有時他頭腦會像什麼都還沒發生之前
那樣清晰
會跟我說著他家鄉南京江心洲的種種極細微的六、七十年前的回憶
其實他崩倒之後
我每到病榻前，總是抓不到那個父子間對話的方式
我父親那輩人，吃過許多辛苦，對孩子從不會表達感情
在我腦中形象始終高大嚴厲
從小和父親之間的身體接觸
就是挨揍

但他崩倒後，我每到床前
他若在昏睡中，我會憐愛撫摸他布滿白鬍莖的臉
當他睜眼醒來
我便有種兒子的說不出的，手腳不知該往哪放
或，不習慣父子獨處該說些甚麼的靦腆
但他非常非常愛當時或才四歲的孫子阿白
照片中，那個中秋節
阿白帶著幼稚園老師教他們做的中秋月餅
一口一口餵爺爺吃
我記得我父親像小孩那樣開心吃著這小男孩自己做的月餅
我母親也笑得好開心
當阿白問「爺爺，好吃嗎？」
我父親便說「好吃啊！眞是爺爺吃過最好吃的月餅啊」
好像那老屋，原本的疲憊、淒慘
在那個中秋節充滿了笑聲
父親翌年春天離世
而那個小男孩，如今是個頭比我高的高中生啦
時光眞是奇妙的魔法師

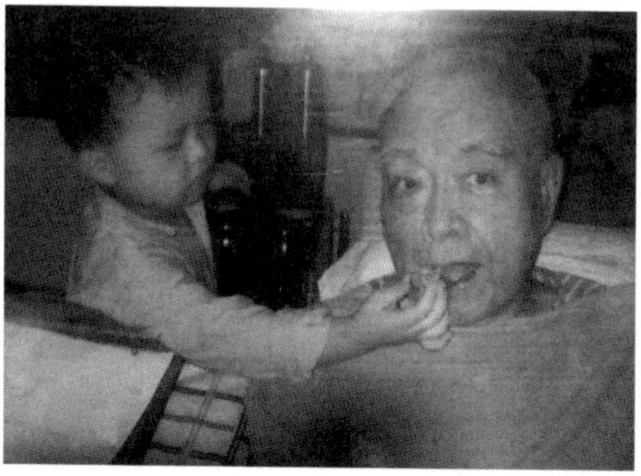

將來

我哥國中時
渾渾噩噩
功課不佳
記得當時他的導師打電話給父親
大約性急或真的擔心
說了很多對哥哥在校表現負評的話
沒想到我爸平時對我們超嚴厲
但一旦對外
他那虛榮、臭屁的個性便冒出來
他竟倚老賣老訓斥那老師
「妳別看我們駱以中
將來說不定是丁肇中啊！」
當時我媽，跟我們都覺得他屁這一句
真是丟死人了
這學期
小兒子剛上國中
他的成績好像考的咪咪茂茂
但老師好像頗看重他
打電話（有點告狀的意思）
說他算班上智力屬一屬二高
但成績怎麼考那麼差
前天回永和跟我娘、我哥說此事
我哥又回憶當年父親去跟他導師嗆聲這事

父親早已不在人世
其實小時候，甚至青春期
他對我們一直過於嚴厲
但皆只是在品德方面
（對人忠不忠乎？誠不誠乎？磊不磊落乎？）
他根本是個老式文人
也有虛榮心
但搞不懂我們所進入的那套教育制度在幹啥？
結果我們在那階段
學校成績全給他「跌股」
但父親生命最後幾年中風癱臥床榻
在醫院那近一年
一直陪侍、照顧，幫他把屎把尿，抱上輪椅推出去兜風
被不同醫院趕來趕去，辦手續、交涉的
是那個終於沒變成丁肇中的我哥
這時我們講起父親當年跟老師嗆聲的趣事
不覺多了種懷念，和人世的艱難的、溫暖的，悵惘的什麼
我們都已是五十歲上下的，一臉傻笑的「老兒子」啦
我要寶說
總不好我去跟他們老師說
「妳別看我們駱方甯，將來說不定是、是、是……」
我哥接口說
「楊振寧」

夢裡尋夢

累的時候不要喊累
崩潰的時候不要喊我崩潰
黑暗的時候學習沉默
灰心的時候想想還有一些人等你鼓舞
覺得冤屈的時候不要急著瞋怒
走進一間大家僵持對峙的房間
要有本領說笑話讓哥兒們豎起的毛都鬆軟
可以放空，貼到地面，但要最內心愛重自己
養成習慣的手勢，是搥胸膛，說
「沒問題！看我的」
克服害羞，對自己自信點
不要跌進用壞心眼想別人動機的陷阱
你做不到年輕些時以爲自己該做到那樣最好的
但人生海海，你碰到年輕時的自己
也可以不羞愧，自己沒失去溫柔體貼之心
其實可以要大叔對年輕時的自己撒個賴
「唉呀，還可以啦」
這是這兩年
我有進步、成熟些之處
昨晚回永和
我娘對我說
「兩千多年前
佛陀就告訴他的弟子

遇有怎麼都解釋不清的狀況
就『默擯之』
沉默的後面，不是不解釋了
是語言會掉入扭結、惡之循環
但反而失去最初的善意了」
我鼓掌笑曰
「我跟幾個哥們一起混時
我的綽號
就叫『阿默』啊
想這是註定要修行的功課啊」
無數的秒，當下
無數的錯判、遺憾、失落
無數雨絲般的心思
婉轉委屈
瞬間覆蓋，成為，逝水往昔
豐臣秀吉，老死前最後留下一偈
「隨露珠而生
隨露珠消逝
此即吾身
大阪往事
如夢裡尋夢」

窮開心

我小的時候
我媽會帶我一起搭她的交通車上班
據她說，我非常小非常小
就有逗那一整車老的、年輕的同事們
整車歡笑的能力
那些阿姨、北北們，會爭相把我在座位間抱來傳去
逗我，被我完全不怕生的奇怪回答逗的哄笑
（想來我是一代目小兒子啊）
我媽那時應該才三十出頭
在那輛交通車上，算是個年輕女同事吧（雖然帶個小屁孩）
現在我媽都快八十了
我猜當時那輛交通車裡
包括也哈哈笑著的司機
大部分都不在人世了吧
我媽在童年時期少女時期吃了很多的苦
最辛苦的是，在那祕境裡
用現在的標準每一項都算虐待的
是她的母親（她是養女）
但我很小的時候
印象中我母親就是個對生活充滿好奇和熱情的人
她每天五點起床，一邊聽《空中英語教室》一邊做我們的便當
生命不同時期，她會突然熱衷學啥外丹功、瑜珈、種小麥草、學外省菜烹飪

全是看書自學
帶我們集郵，最早出現錄音機這種玩意時（民國六十年左右吧）
她去買一台，要我們三兄妹對著機器說話
當時交通不是很發達
週日她會帶我們搭老遠的公路局，到那些山裡啊海邊去郊遊
而平日她要上班、煮三餐
但她好像有金頂電池
重點是，她好像總是笑瞇瞇
那其實是個大環境人人都困苦的年代
印象中我父親下班回家，常是脾氣暴躁臭著一張臉
但我母親上班的辛苦不輸我爸吧
還要做各種家事
家裡還養狗
但她從不把負面情緒帶給我們小孩
我記得我小時候
她就對我說
「生命有時會眞的掉到一籌莫展的時候
但就算那種時候啊你兩手空空
你都還可以知道自己是個天地間珍貴的人
因爲你還是可以想些點子，讓身邊人覺得開心
不那麼絕望
這就叫『窮開心』」
今偶又看見這張兒時照片
啊！好明顯我們這些死孩子都臭臉，超沒勁
年輕時的我媽還在鼓舞大家

「笑一個吧？得意須盡歡，大家開心一點嘛」
我猜畫面外
幫我們拍這張照的，是我老爸吧
想來他過世至今竟已十年啦
現在我帶兒子回永和
每還是我媽、我們兄妹仨
圍坐在內間香案下，我爸遺照下
耍寶說各種開心的屁笑話
我總覺照片裡的嚴肅老爸，也笑得開心
彷彿和我們同在一起
我爸在還身輕體健時
帶我爬一段山路
那山路兩旁盡是翠綠竹叢
那時我剛脫離鬼混的時光，才十七、八歲吧
我爸會跟我說「行到水窮處，坐看雲起時」這王維詩的
人生況味
但我覺得不如我媽「窮開心」這話來得好

字條遊戲

我一位好友
曾說起他大學時
有一年陷入極嚴重之憂鬱症
當時每個月要見他的精神醫師一次
那個醫師會要他做一樣功課
在一張紙上
寫下最近有哪三件（還是五件？）
讓你覺得快樂，或感覺不賴的事？
一項一項把它寫下來
而不是只在心頭閃過
或用嘴巴說說
我曾長期在此症之霧中風景裡
徘徊、飄移，不知此刻這個我究竟存在爲何？
所以深知，那種完全（不是故意）的無力感、失能狀態
以及
這「字條遊戲」在那小小光度，自我感稀薄時
那非常重大的，像小舟之纜繩的意義
後來我看到孩子們碰到超乎他們能承受的沮喪
會想起這遊戲
讓他們拿出紙筆
寫下
「你覺得自己最近做了哪五件，很不錯的事？」
我發現非常有意思

小孩子會無意識做了非常棒的事
當他們皺眉抓頭苦思不出，終於寫下
那些「他們覺得還不賴的事」眞是可愛像最珍貴的花兒
讓你再裝嚴肅也會噗哧笑出來
今天去醫院探望我老師
之後走去搭捷運回家
那一帶是我不熟悉的區域
但這樣去過幾次後
這段從醫院走去捷運站的短短一段路
成爲我一個人，生命某段時光的神祕小徑
我發覺每次從醫院走出
我總是像小時候放學，走在河堤上、巷弄裡
是無意識跳著走的（雖然外人眼中這是一個中年怪胖）
因爲我老師從中風後
每天極其嚴酷、辛苦的復健課程
她都極認眞，一小格動作一小格的完成
我一週去一次
都會驚覺她和一週前
那麼大的進步
或於是我總被這正面能量所感染
今天坐在那半空中的捷運上
突然想起這個「紙條遊戲」（也好多年沒和兩呆兒玩了）
我坐在那搖晃如夢境的窄車廂裡
身邊和我像活在完全不同時空的年輕男孩女孩
都像懸絲散開的傀儡，呆愣坐著
想我來想想自己最近做了些什麼好事？
還不錯的事？

當然我沒有從背包裡拿出紙筆來眞的寫
但我的腦中想起
繁花光霧
許多不爲人知的場合
我轉身就忘，給了一些哥們眞心的話，擁抱被吞進死境的哥們
「因爲你是最好的，所以要好好珍惜自己」
我是否自我催眠、自嗨，還眞的是羅漢嗎？
不是的，因爲我超努力，我一直超努力
但我年輕時非常在意他人之責難
後來我發現，啊！不可能
我的努力，我的小字條早遠遠超過那些指責我的人
而毀謗如黑鬼鬼，從不知哪裡的人心狹縫中冒出
我發覺當你艱難，脆弱，分崩離析之際
你需要這樣的小紙條
像太空船發射的儀器定位
「什麼是你最重要的事？」
「你有沒有做了值得偷偷稱讚一下自己的事？」
當這樣的小字條
你回答了自己上萬張之後
有一天你想起，自己好久沒做這「提醒自己是個還不賴的人」之功課
有一天你不需這樣的小字條上
一行一項寫下你做過些什麼
因爲你已成爲一個強壯的人

給這世界留下什麼

今天下午匆匆從外頭趕回家
在門口
聽見有人喊「爸鼻！」
我四面張望
那聲音又說
「我在上面啦」
我抬頭，發現小兒子在四樓樓梯間
從窗洞探頭出來
一臉廢材傻笑
「我忘了帶鑰匙」
我上樓後
他從沒那麼親愛的迎接我
「我在這等了半小時啊
狗狗在裡面一直ㄍㄧㄍㄧ哭
我在門外說
噓～小端，噓～雷雷，噓～小牡」
「那你怎麼進得了樓下那門？」
「我按二樓他們家電鈴啊
我超悲慘，一直站這往下望
看是誰會先出現啊
結果看到一個胖胖的身體，上面一顆禿頭
好像滑板雪人（那是什麼？）
喔你總算出現了

我等你等得好苦哇」
為什麼我被另一個人盼望、等候
這樣被熱情迎接的時刻
卻有一種想揍人的衝動呢？
其實我沒跟他講
他喊我前，我一路穿大馬路、巷弄、車流行人間
走回來
當時心裡想的是
「這樣好像很努力，但許多時光都空轉的十幾年
天賦耗盡，渾渾噩噩，憂患迷惑
到底給這世界留下什麼呢？」
他就在那時，從上方喊了我

世界的裡面

這樣的世界我們可以怎麼走進去？
我以爲我們擁著彼此跳著探戈
瞞過醉醺醺的男女
就這樣踩進它最輝煌的大廳
或者是
曾經我幻想著夜涼如水，星繁如夢
我穿著電影裡那些賊的裝束
翻跳過如薔薇花瓣那般繁複的鐵絲、高牆、巡邏警衛
街燈如粉薄撒的圓光弧
那樣我可以氣喘噓噓，額頭汗珠
孤獨的從窗洞進去
又或者
我可以催眠自己
我其實就在這世界的裡面啊
像一個銀河小孩蜷抱著自己
漂流在星團弧臂的中央
但其實我一直在外面
目光灼灼瞪著燈火如畫裡頭的那外面
這樣的世界啊
我們以爲我們盛裝爲了靜肅的走進它的裡面
我們穿過那些瓦礫，枯瘦如柴的孩子，燒成灰燼的書和電影海報
那些專門騙女人的狠傢伙，

迷失在自己囈語迴圈的流浪老人
每一晚重複同樣的電路和額後閥門所以同樣抽泣的女戲子
我們愈走愈裡面
潮濕的外套翻領沾上濃濃的菸草味
然後我們碰觸著那些腐生蘭的鱗莖和鋸葉
然後我們的臉愈來愈像那「曾到過世界裡去」的蕭瑟的男子
他們於是傳言我這樣的人
曾經走進過世界裡頭
但其實
我只是在測量，繪圖，定位
挖一條黑不見光的地道
我只是在世界的反面
專注挖那條我想像趨近它的地道
像一個長年把玩女人纖纖手腕的宦官
將各種銀鐲玉環、墜珠臂飾、鳳鳥刺青
全弄在那條地道周圈
其實我只是一隻跳圈的海豚
離水，穿過那個圈，立刻又下墜回我的水裡
那個意義於我只是穿越黑夜到更悲傷的白晝
只是從相聚一刻，雷電閃閃照見終將孤自楞立於蒼茫
只是緊攢拳握裡的融冰，飛騎披風，黃沙烈日追趕光速
撤退的地平線
我一直回想那穿越之瞬的幸福
但其實停格的看，那只是極像死亡前的掙扭
我曾對一女孩說
「妳一定可以走到世界的盡頭」
我年輕時也有個老人這樣對我預言並祝福

終於有一天我們距離近到
就隔著一扇窗，我站在世界的外面
我該不該拿起石頭砸碎玻璃？
「但我已砸碎太多扇窗了
世界，或就是向你張展的同時，熄滅消失
的那玩意」

訊息

時光未必給我們足夠的飛行
去証明我們是怎樣的人
太快速了
一直在靈魂的每一處感受器爆閃
你在許多、許多不爲人知的小房間裡
判斷，建立同情，理清自己憤怒或悲傷的脈絡
但有太巨大的訊息量了
你記得你父親留給你的一些美好的價值
你記得你母親留給你的一些美好的價值
你記得你自己在之前的漂流中
捱撞，痛楚，而努力執行不把那樣的痛楚施與別人
你學習原諒
但你也眞誠警惕不去犯你原諒的那些惡
你像天鵝清洗自己羽毛
讓自己的正義是眞誠、初感，而非僞詐，或僵固的偏見
你活在這個千萬倍於你的前人的世界裡
你後來弄清楚你是個微弱的，訊息海洋裡的小小一漣波
每天都像暗夜裡那許多睡蓮美麗的開綻
每天又同時有那許多髒汙刺棘戳進你眼球
你想守護著你手中掬捧的某條昔日河流的倒影
但你又不得不看見
遠一點的荒地上有更多人枯乾而死
你該怎麼辦？

醜怪的，被編織在上一輪美好盼想的月光上
或是無感的，變成不是這小小人類的機器巨獸
有一個基本定理是
你絕對會犯錯
或者你腦袋中要一更大的硬碟去運算
那些雜沓的、破碎的、繁殖的，疊加中少了（或多了）
某些參數
和你相反的詩意和恨意
你難受的他卻歡欣，你不忍的他卻快意
或者其實你相信自己是個影子
這一切會不會好過些
那些之前如清泉如露水般晶瑩的
為何之後總變得稠黏惡臭？
如果你像幻影
你的朋友們像火焰，白色的火焰
絕望的因為文明的抽空
而翻跳
你伸手向他們
感覺你接到滾燙的淚珠
你也不在這裡
你也不在那裡
你不在比較安靜的昔日
你也不在那不知怎麼推算的未來
但也許你可以比這些正電負電剛好抵銷
大天使和魔鬼摔跤
發生了全部又像什麼都沒發生的末日核爆
（只屬於你的）

多出那一蝸牛觸突的
對於「人類該是美好的」多出那一點點的想像力
你打開門
讓它們（美麗的，以及把美麗掐死的手）全部進來

不要太輕易，把全部的自己交出去

我國中時開始了漫長（長達十年吧）的「最後一名歲月」
但其實我一直是個極有自尊的人
我相信「不與比自己弱者幹架」或是「不要背後講哥們壞話」
「不可對嫂子輕浮」「被教官抓了就自己扛下絕不把哥們擺道」
「絕不占人便宜」這類
青少年「在混的」守則
不過在哥們間
我是個好說話的人
也就是一個團體若有兩人槓上
我通常是勸和那個
很多時後我是不同哥們落單時刻
抽菸、傷懷、說出內心苦悶的
那個聆聽者
老實說，回想起來挺沒勁的
我青少年時
從不是「ㄔㄨㄚˇ頭ㄟ」
也不是隨從
比較像「門神」那樣的角色
我的兇神惡煞的臉、我的漢操（個頭）
我忠心於哥們，對方大批來襲

一定站守著不會腳底抹油的個性
是那些像葛林小說《布萊登棒棒糖》裡
那個有幫派老大天賦的瘦小男孩——品基，這樣的傢伙
最愛帶在身邊去挑對方的
安心的同伴
我的哥們有欺凌弱者的，有玩女孩的，有價值觀和我差
甚遠的
但我只是隨著自然敬而遠之，不會去多說什麼
即使在一倒影的世界，我還是廢材
我太容易在一個讓我感動的交心儀式
就把自己交出去了
「我認人」這是我很長時光對自己的自負
倒轉一下
我國三時
好像那個抽高、臉部兇惡的自己
還沒從體內抽長出來
但因一奇怪的重新分班
我們那個班全是全校抽調集合的第一名門
那變一像科幻片優生學培養皿的成績超好怪咖的太空艙
我是裡頭唯一的廢材
原本少年們在永和巷弄
騎腳踏車、混矸仔店、打撞球、鬼混亂晃的少年悠緩交情
都不見了
我的廢材好友們全被刷到爛班
全不見了
我陷入一種自暴自棄的憂鬱裡
那時

每天一道放學走路回家的一個傢伙
是極少數，這樣的「好學生」卻骨子裡
有和我一樣貪歡玩耍，也愛騎腳踏車
也愛鑽進巷子迷宮的小店打「小精靈」、「長生鳥」
性格相近的少年
但他媽媽是個控制慾非常強的母親
好像是北一女的老師
管這哥們管得非常嚴密
事實上即使我現在回想
那種管教仍然讓我覺得變態
每次
我這哥們從電玩店出來
一臉煞白
因爲他母親算得死死的回家會花去多少時間的扣打
早遠遠超過
那個精準
是幾分鐘都不能
雖然我們偷了一輛腳踏車
他母親以爲他是走路花的時間
他可用巷弄裡疾駛腳踏車
省下的時間貨幣仍不夠
他總陷入一種焦慮
那焦慮對我而言
是早熟的，我並不很瞭的
我幫他腦力激盪想一些騙他媽的藉口
他總不耐煩說「這種等級
去騙你爸媽。拿來唬我媽？門都沒有」

我有一印象
他們母子才是那編謊和拆穿
這扭曲結界的對手
其他人根本不需在這麼小的事上花腦筋
但不關我的事
他媽某幾次遇到
也會交代我要盯著她兒子
有什麼事跟她報告
有這一類的人
好像兒子的同學，初見面，她就當家奴來使喚
環繞著她兒子，是這世界最重大的事
有一天
大約是他又出什麼包（絕對很小的事）
說謊被他媽戳穿了
我並不知她們母子發生了什麼事
但或我這哥們把事全賴上完全啥也不知情的我身上
總之
那天我和我爸媽兄姊圍著我們那老屋客廳的晚餐吃飯
電話響了
（那時還是黑色圓圓轉盤式撥號的電話）
恰好是我走進屋內接
是那位母親
以一種怨毒的聲音對我說
「以後不准你跟我們某某某一起玩了
都被你帶壞了」
啪就掛斷電話
我恍惚走回客廳

「誰打來的？」我爸問
「沒有，打錯的」
這故事我從前寫過
只是那一刻
我完全莫名其妙的
被一個歇斯底里的大人
指爲怪物、壞蛋
我家人完全不知道，我自己也不知道
剛剛我被靜默的施暴了
今天又回想這件事
是想到
我總是一開始，以爲我的懶於去定義他人
不對我不理解的別人的處境
亂伸手指，他們是和我完全不同背景、不同想法的人
但我會因，好吧，哥們大家玩一塊
我不會建立飛彈鎖定系統，去瞄哥們
誰沒有難堪、脆弱之處？
但生命的荒誕經驗
常是
最後我傻傻任著對方，沒有意見
「哥兒你開心就好」
我也旁觀著他們說謊的時刻、掛羊頭賣狗肉的時刻
邏輯錯亂的時刻
用最神聖詩意羽毛穿在自己身上
明明是商品，卻變成宗教的姿態
但奇怪的是
他們總可以那麼自信

眞的相信自己說的
把手指戳出來
對這樣的人世
我有一天若要給我的後代一個家訓
是
「不要太輕易，把全部的自己交出去，交到另一個人的手中
因爲，因爲你可能明明比他珍貴、高貴許多」

家書

我母親每週會交給我一疊她寫給孫子阿白的家書
因為上了高二
課業比較繁重
大兒子便少隨我每週回永和看奶奶
但每次我從奶奶家回來
他第一句一定問
「奶奶的家書呢？」
母親眼睛不好
但每次也都寫好幾頁信紙
感覺像祖孫倆在寫情書
而且他們倆不准我看
我想我是其中一人的兒子
另一人的爸爸
因我是信差
我非常痛恨偷看別人的信
但我今天忍不住偷看了一小段
我娘寫著
她少女時期家裡非常窮
當時她念夜間部
白天要去銀行工讀，錢要貼補家用
放學後再回大龍峒的家裡
轉兩班公車
還要走很遠的夜路

她常非常害怕
後來有一天
她眞的存夠錢買了一輛腳踏車
她非常開心
之後就可以騎腳踏車上班、上學
那時台北沒什麼車
也比較暗
有一天
她騎到一半
被警察攔下
因爲沒裝車前燈而被那警察訓斥一番
但之後，她因爲只會下車，不會上車
通常是請人幫她扶著再踩動
所以那天只好推著車走非常遠到學校
「好狼狽」我娘在她寫給孫子的信中這樣寫著
又寫到有一天
當時中山南、北路跨過忠孝東路的「天橋」（現早已拆掉，不存在了）
剛造好落成典禮
那時的台北市政府辦了一個
那天的中山北路全線淨空
沒有一輛車，所有報名成千上萬輛腳踏車
大家騎上「天橋」然後一路騎到圓山
（我想場面可能很像現在的路跑吧？）
我娘寫著
身邊全是騎腳踏車的人
像河裡的魚群，或整批飛的水鳥

然後
少女時期的我娘
騎到一半突然沒力了
要等後面的救護車啊
但不斷擠著的腳踏車從身邊超過
人太多了
她不能停下來，會擋到大家
這時有個阿杯
非常勇健的，一手拉著我娘腳踏車的龍頭
只用一手扶自己的腳踏車
這樣拉著我娘的腳踏車
一路騎到終點
（我想這就是電動自行車的概念吧？）
我娘寫著
「奶奶都不用騎，那樣吹風前進好涼快喔」
「結果你知道嗎
第二天我去銀行工讀時
發現那個幫我的阿杯
就是我們新來的科長」
我娘寫著
「這是奶奶少女時期的糗事
但六十多年過去了
奶奶覺得好懷念啊」
這原來就是我娘每週寫給我大兒子
的祕密家書的內容啊
（以後絕不偷看了）X"D

翻譯年糕

我母親上週又帶著我哥
去安養中心探視那位老友
（就是我之前寫過
她少女時光是個大美女
後來因中風而語言中樞受損）
路途漫漫，我母親腳也並不良於行
但她們年輕時是非常要好的姊妹淘
老友見到我母親，超開心
問題是她講出來的話語
已飄浮和她想表達的意思
分離、無關了
我娘說「眞的一句都聽不懂」
別人聽不懂，她愈著急，又比手畫腳更急切的說
但如此更難聽懂她在說甚麼
但不知爲何
上回我哥去時
奇怪只有他聽得懂這阿姨說的
我娘這次就堅持帶著我哥，這台翻譯機去
「唧哩咕嚕嘰哩咕嚕～」
「啊？啥咪？」
「喔，她是說會過敏啦」我哥說
「什麼會過敏？」
「唧哩咕嚕嘰哩咕嚕～」

「啊？」
「喔，她是說，她的奶粉泡了會過敏
說我們上次帶給她的那種三合一小包裝的很好
不會過敏」
「唧哩咕嚕嘰哩咕嚕～」
「但是買不到」
我娘急起來
「唉啊那種是要去超市買的
超商當然買不到哇」
然後商量之後
我哥便跑去好像說之前有經過看到一超市
便下樓去買了
「唧哩咕嚕嘰哩咕嚕～」
「啊？」
我娘這時才想，慘了
我哥跑掉了
她聽不懂她說的話啊
「唧哩咕嚕嘰哩咕嚕～」
「唧哩咕嚕嘰哩咕嚕～」
我娘一開始裝聽懂，呼隆的應她
「喔，這樣喔」
但她後來好像終於發現我娘聽不懂她說啥
「唧哩咕嚕嘰哩咕嚕～唧哩咕嚕嘰哩咕嚕～」
然後就流著淚
兩個少女時代的手帕交
就這樣手拉著手對看流淚
後來我哥終於回來了

（我想像我娘內心O.S「嗚，翻譯機終於回來了」）
「你快聽聽她說甚麼？」
「唧哩咕嚕嘰哩咕嚕～」「唧哩咕嚕嘰哩咕嚕～」
「喔，她說
妳現在這個頭髮好醜
下回來，帶著小剪刀來
她要幫妳修頭髮」
我母親對我說
「你哥是眞的聽得懂耶
他翻譯完
她開心的像小孩一直笑啊」

祝福

如果我們的祝福
能夠修補、覆蓋、支撐
那受到重大的災難
不可思議的傷痛，的朋友
那該多好？
我母親每天，會替她的朋友
那些被各種疾病，或親人死去的老姊妹們
念經、抄經
還有幫我、我的妻兒
甚至我生病的老師好友，念各種我不懂的經文
還有我過世的父親、她的父母、許多祖先們
感覺她每天光要把這些經文念完一輪
一天就過了
這樣一天又一天
那些經咒
像往虛空世界，發射出去的臉書貼文
或是，在發著光的不同次元撒開，時光距離遠些的
就暗些的星圖上，按讚
我母親當然不會電腦，上網
但我覺得她每天
透過嘴唇嗡嗡念的那一輪一輪經文
像我每個夜晚，掛在臉書上一樣忙啊
你想守護，或祝福的心願那麼大

但眞實的物理世界
其實你什麼都無法給予他們
但她如此堅信她往虛空中
像金魚吐泡泡吐出的梵文
比最薄的光膜還薄
會飛行出去
給予那些她「按讚」的人們
一個保護迴圈啊
（連我，許多時，面臨恐懼、慌張之事
跟母親提，母親說「會平安的，我每天幫你念一百零八遍的什麼什麼咒
加多少遍的什麼什麼經，還有多少遍的什麼什麼經……」
之後，竟也都遇難呈祥，化險爲夷啊）

無敵翻譯年糕

我娘是雙子座
但她或童年坎坷
或那一代人要生存的艱難
不太有印象中雙子的善變或機巧
她學生時代是個好學生
（這點我完全沒遺傳到）
我記得我們小時候
她會每天早上五點就起床
幫我們準備早餐、帶便當
同時聽接連時段的《大家說英語》和《空中英語教室》
如是好幾年
非常奇怪
我們家根本不會出國，或認識外國人
但她就是一個念頭「想學英語」
就自己在家中，規律的執行
這些年她又會給自己一些
我不太理解的「自我修行的功課」
譬如她過午不食
這也實踐了十幾年了
然後這兩年
她每個禮拜天要給自己一個奇怪的戒律
這一整天不准說話
她也非常認眞的執行

我若是這天跑回家
我母親看到她的小兒子，和我的小兒子
會非常開心
滿臉笑意，超想跟我們哈啦
但又著急對自己比食指（噓），然後比手畫腳
但又不敢破戒說話
臉急得通紅
那天回家
我哥告訴我
我娘不知是怎麼時間排錯了
選在她守戒「禁語」的那天
去安養院探望她那個少女時期的姊妹淘
那位後來得了語言功能障礙
年輕時是個大美人的阿姨
雖然這次她又帶著「無敵翻譯年糕」我哥
一道去
但我哥說「這次的難度眞的太大了」
他坐在兩個激動的老太太中間
我母親比手畫腳，但不能說話
我哥告訴那阿姨
「她是說，她今天不能說話，只能用比的」
但我母親並沒學過手語，所以是亂比
那語言障礙、說話沒人聽懂的阿姨說
「%^&*%^&*#$#^&^$%&&$%&&%」
我哥跟我娘說
「她說妳這次怎麼這麼久沒來」
我娘又亂比一番

我哥又翻譯給美女阿姨聽
如此妳來我往
後來是阿姨說「*&^%$!$^$$%%$##$%^&*&^%##」
我哥對我娘說
「她問上回要妳帶剪子來幫她修頭髮
妳帶了嗎？」
我娘又混亂的比手畫腳
我哥又翻譯
「我媽說『啊，不是要妳幫我剪？』」
其實是阿姨記錯了
但這對少女時的手帕交
激動的爭辯著
一個無聲但亂比各種手勢
一個不斷說出嘰哩咕嚕嘰哩咕嚕嘰哩咕嚕一般人聽不懂的話
我哥在中間非常快速的翻譯著
（他好辛苦）
最後兩老姊妹達成和解
由我母親幫阿姨修頭髮
我哥說這時他終於完全不用翻譯了
我娘安靜的抱著阿姨的頭
幫她修頭毛
阿姨則像小鳥依偎
時而輕輕啁啾兩聲「嘰哩咕嚕～」
像只是對時光裡那些太大，說不分明的創傷
跟少女時期好友撒撒嬌

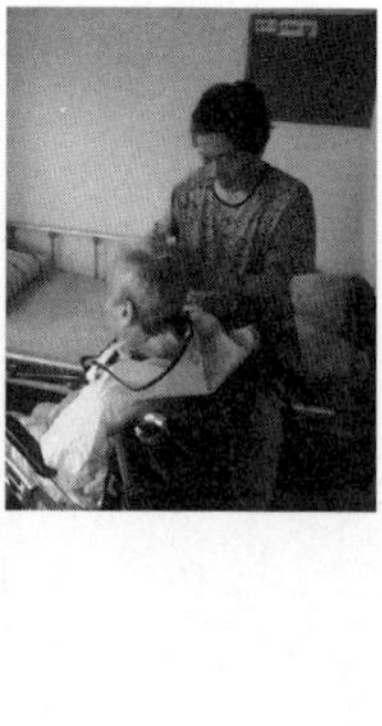

但願人長久

小時候呆照
和我哥我姊
今天和從前好哥們
三家大人小孩去爬山（小山丘）
身邊朋友又發生不同狀態的事
百感交集
但今天眞是累壞啦
就貼個小時後呆照
但願人長久
究竟當初爲了夜空上那一輪銀光月球
發明這美麗的節日
總是嚮往，祈願，亂離人世的平安盼想，或飛行的幻想
縹緲的，或潔淨的追求
而且學習抬頭
感受被那靈蘊光魄，溫柔垂灑
學習她
沒有不能修補，沒有絕對壞毀被放棄的

輯六

每一隻小狗都渴望自己被愛

宙斯

這是一個老問題
在高雄小港P君的家裡
喝著啤酒
一旁白煙騰騰的火鍋
宙斯（因爲愛）時不時撲著我
完全沒有怨懟兩年前我帶牠
什麼都不解事的牠，一路都是讓牠慌張的陌生場景
就把牠留下來給這個老男孩
就離去了
每隔一年我出現一次
我如果是牠，會因那遺棄的傷害
不理這個人吧
他已和這屋子的時間，這屋子孤單的主人
形成牠自己生命的故事了
但牠，牠每次見到我
那個愛「主人，我想死你了」

沒有怨念、沒有恨意
像匹高大的黑馬，整個撲進我懷裡
（牠在我手上時，還是隻小狗啊）
這個個體裡湧動的靈魂
是怎樣一團信守愛之承諾的，純潔的本質
牠的眼睛和此刻遙遠台北家中
牠的弟弟、妹妹
端硯、雷寶呆、牡丹
一樣像琥珀一般藍色折光一瞬金黃的玻璃珠
牠比牠們任一隻都更俊美
也因之那個撲擁、大舌頭舔、淚眼汪汪
更離開玩具熊般的「無離開，無獨自旅程」的小狗稚氣
牠是隻大狗了
我因爲害羞
總在Ｐ上樓上廁所的空檔
獨自留我和牠在樓下時
捧起牠那長長的，像黑緞子般的臉，看著那神祕靈魂晶瑩的雙眼
輕輕撫摸著發亮的頭頸
對牠說
啊！你最美了，我知道你過得很好
我希望你快樂
你是那麼美麗的一隻小狗
牠的眼睛那麼乾淨望著我
像所有這之前之後的時間都取消
牠比我強大，更接近某種人類可以任意羞辱、傷害的神靈
牠像孩子感受著我（只有今晚，只有人類語言的承諾）

的摟抱
只有愛，形成的迴圈
清澈如夜黯芙渠，靜美的水聲
愛變成不是旦夕相處，互為所屬
而是「愛」，孤立的本身
我想對牠說「對不起」
但我卻把唇貼在牠額頭上
說
「謝謝你」
那幽深的黑水潭，圈圈漣漪
似乎牠啊，聽懂了

壁咚

小兒子把頭趴在要往廚房那面牆上
我問「你怎麼了？想吐嗎？到廁所去吐……」
小兒子說「不要吵，我在壁咚這隻壁虎」
我說「壁什麼屁冬瓜啦
把牠抓出窗外去！」
小兒子搖搖頭
「看來我們是不同的人」
「甚麼不同的人？想死啊？你是我兒子耶」
小兒子比比我「野蠻人，黑猩猩」
再比比他自己「文明人，正直的人」
過了一會，小兒子問我
「爸鼻，但到底啥咪是壁咚啊？」
「應該，是一種愛的表現吧？」（其實我也不懂啊，也是最近常在臉書看到）
我拿小端做實驗給他看
在沙發上壁咚小端
牠一直搖尾巴，翻肚肚露出臣服的動作
我把臉靠近牠可愛的臉
要壁咚牠
小端約太害怕（以爲主人在威脅牠？）
漏出像死老鼠臭雞蛋的蛋白屁
惡臭差點薰昏我和一旁的小兒子
我們全跳著逃走
因此沒壁咚到

點歌

每睡至近中午起床
早已人去樓空
公寓裡就剩我和三條狗
客廳常一片汪洋狗尿
這時我會提著水桶拿好神拖拖地
或是餵狗兒們吃飯
我會跟狗們說話
「有沒有乖啊？」「要當駱家的好狗啊！」
但牠們都懶懶的不太鳥我
剛一邊如每日這段腦中空白時光
拖著整個客廳的地板
突然發現自言自語，不，自己在哼的歌
天啊，竟是
「歌鳳陽，舞鳳陽，鳳陽——姑娘巧模樣
鳳陽——花鼓跨腰上，一步一步走街坊
打打起花鼓咚咚響，對對起舞喜洋洋
對對起舞，對對起舞
對對起舞對對喜洋洋
……
咚得兒隆咚鏘，咚得兒隆咚鏘
咚得兒隆咚鏘咚鏘冬鏘鏘鏘一鏘」
爲什麼我會在獨自拖地

說不出是自由還是惘然的放空狀態
哼這樣的歌？
一邊來勁使著拖把
難道眞的變老北杯上身了嗎
這好像是我小時候在永和老家
聽那時黑膠唱片「原野三重唱」唱的歌詞
和眞正民間版鳳陽花鼓不同
唱著唱著
或許是樓下那修理紗窗紗門換玻璃的小發財又經過了
我家的小端、小雷，和牡牡
開始「小狼合唱團」的伸長脖子嗷嗚嗚～也唱著
一時覺得我家客廳變像在KTV包廂裡搶麥克風
雖然他們都點江蕙王菲阿妹
只有我點〈海鷗〉〈友情〉
那樣緊張啊

怪話

小兒子最近迷上了一種「運動」
他早晨自己帶著雷寶呆去大安森林公園遛
傍晚換小端
第二天早上再排牡牡
這樣輪值
因爲他大哥再幾天就又要考大考了
每天早出晚歸
他的頹廢父親又每天（最近因爲看球）睡到中午才醒
所以這樣「一人排班，輪流牽三隻狗出門逛」的孤獨活兒
我覺得他好像個處女座老頭喔
今天一家在「貳月」吃晚餐
他雞雞歪歪，喔不，嘰嘰呱呱跟他母親
說著這一天的「遛狗記」
「今天牽小端走到半路
有幾個很友善的人來
說他們是動物保護什麼單位的
要檢查一下小端有沒有植入晶片
有個姊姊還說小端『好漂亮的狗啊』
殊不知我們小端一直偷V（註：狗露齒威脅對方之貌）她
後來我摁住小端，讓他們拿一個機器
像便利超商刷布丁、三角飯糰，或爽健美
那樣刷出小端的條碼
小端超沒見過世面

還閃尿了
但後來到了水池旁邊
又超囂張，一直要狂追鴿子
累死我了！」
他在說這些廢話時
他母親那麼柔愛看著他聽他說
好像他說啥屁話，對娘來說都是香的
都好聽的不得了
我無意識的訓斥了他兩句
（其實是叫他別說那麼久，換我說了）
然後說
「怎麼辦？我明天一早要去台中的活兒
但又要四點爬起來看世界盃阿根廷戰荷蘭啊
好痛苦啊」
他們的母親訓斥我
「你不准再看這一場了
等一下，人家阿根廷又被你看賽了
本來要贏又狂輸」
我掛不住臉抗辯了幾句
沒想到小兒子突然冒出一串奇怪的話
「您這是麵糊湯裡煮茄子，渾蛋加紙包
麵糊湯裡煮電燈泡，說您渾蛋您還發火」
這是甚麼？
我想K他
卻整個被這怪話的邏輯迷惑了
「你這臭小子！
牽狗兒出去是去跟甚麼怪老頭混？
學了這些是早就會嗎還是太極拳老頭幫掛說的怪話？」

大滅絕

我家的水族箱
前陣子又發生了場大滅絕
二、三十隻的美麗蝦子
一隻頗大的豹斑異形
還有各種燈管、紅蓮燈、透明貓、孔雀
整批整批的死了
我和小兒子都非常心痛，驚恐
撈魚屍，重新清洗缸和外掛過濾器
最後
剩下一隻紅鼻剪刀
奇怪的倖存，孤獨的活著
但實在這以來太忙
孩子們又開學了
無從帶他們去水族街補魚
可能那種瞬間全空的驚悸哀傷
還很難復原
今早
我如常（一週一次）要兩呆兒幫魚缸換水
但我走到缸前
哀嘆說
「唉
只剩下一隻魚
這樣我們換缸，對牠有差嗎？」

大兒子說
「牠的家人都死了
我們好歹讓牠覺得自己是
登陸超乾淨的月球的嫦娥」
小兒子就接口說
「即使只剩下牠一隻
我們也要，搶救雷恩大兵啊！」
我說「那如果牠終於也死了怎辦？」
他們的母親說
「那我們就把小缸裡的那兩尾黑魔鬼
移到這大缸裡啊」
我說「不會吧？那那兩隻呆黑魔鬼太爽了吧
這樣整個偌大水族箱只養那兩隻呆魚」
（註：黑魔鬼是一種電鰻科
會放電殺死其他魚
而且只吃噁爛的冷凍紅蟲
所以一個缸養了黑魔鬼
就無法養其他的小魚小蝦）
我家那兩尾黑魔鬼
非常怪的在那超小缸裡
活了三年
這三年
我家後來來了鸚鵡阿波
後來飛走了
又來了四隻小狗
後來其中一隻黑狗宙斯送去高雄炮輝家
現在狗兒都變長手長腳的大狗了

連這屋子的小主人們
分別從國中生變高中生
小學生變國中生啦
說來兩隻黑魔鬼是「白頭宮女話當年」啊
他們的母親說
「這就叫居住正義
人家來我們家活了三年
住那麼小的魚缸
現在好不容易，大水族箱、大坪數房子空出來了
不是應該給牠們倆老人家
晚年過點悠遊自在的好日子嗎？」
我驚訝的發現
我成日在我的小說祕境
和黑暗人心、魔鬼之境纏鬥
但上天啊
派了三個呆瓜，天使
放在我身邊啊

魔法公主

晚上
和小兒子一起看宮崎駿的《魔法公主》
我上回看這部片時
應已是二十年前了
當看到那狒狒臉麒麟身的山神
四蹄踩過草地
即冒出妖異繁花
然後是一片枯萎
祂治好那少年的槍傷
森林裡的死滅，將被滅絕的
各種神族白狼、野豬、狒狒、樹精
都籠罩在這種人類貪慾
逼近、縮小生存圈的惶然
但具備強大神祕能力的山神
卻不回應，要守護？和人類對決？還是不要掉入人類仇恨邏輯？
最後祂終也，那麼恐怖，汩汩湧出的
人類終將因殺掉那應崇敬、愛重、柔弱的什麼
付出代價
然其實不久後
祂的神之頭顱
就要被那貪婪的人類射斷
我為這卡通在那麼早之前

就碰觸到那麼遼闊的生命體會
忍不住的流淚
那個被裹脅了怨念變成邪神的豬神詛咒
椎心痛苦
纏住手腕的少年
騎著他的大角羚羊
東奔西突，他站在「人類」這族這邊
想攔阻，勸說
終於還是目睹那「神的美麗」被火銃炸裂
包括神般美麗的山犬，那些憤怒的野豬群，黑影狒狒
甚至魔法公主
沒有一個角色能攔阻那一切
這是我記得的情節
多年前我看到美麗山神的頭被轟掉
後面的記憶就空白了
結果現在還是一樣
後來在演什麼
我已經沒在看了
後來，小兒子說
「爸鼻，演完了，你別哭了」
他沒有像我害怕的
因為不習慣、害羞，此刻嘲笑我或耍寶
我說「你先去睡」
他說
「好啦，但你不要因為卡通片哭嘛
我想通了
我們這禮拜

去水族街補一些缸沙
我們把這個缸重建起來嘛」
然後他帶著狗兒們進去睡了
有時
你會內捲成一顆高麗菜
年輕時你習慣自己，抽根菸
料理好自己
雖然不習慣
他也不太會安慰像巨熊一樣高大的父
但我那時覺得
像高麗菜層瓣，柔軟或脆崩易碎的葉片
已延展超出我自己的這個個體了
你覺得惘惘未來會更讓你哆嗦
但其實他們會修補屬於他們的世界

每一隻小狗都渴望自己被愛

過年啦
一如前兩年
高個兒帥哥家因爲要回高雄過年
所以將五妹寄放我家
容我解釋一下
五妹（或曰嫵媚？）是當初這堆領養小狗裡
長得最可愛，但唯一不是我家收養的一隻
孩子們給牠們的排序
老大是宙斯（現在在高雄炮輝家）
老二是端硯（也就是端端）
老三是雷震子（也就是雷寶呆）
老四是牡丹（也就是哞～哞～）
老五是嫵媚（也就是五妹妹）
諸君
這胎小狗，名字一列開
多麼的華麗、仙氣
簡直像幫太上老君煉丹的仙童們
但牠們的小名
在尋常廢材百姓家中
被喊親暱、可愛、融化了
又變得如此阿貓阿狗
譬如我去高雄找哥們炮輝
像疼那久別重逢的心頭肉宙斯

親愛的喊著喊著
就成了「宙斯斯～ㄗㄡˋ斯斯～揍死死～（？）」
我岳母每電話中跟小孩說
「你們家那隻ㄌㄨㄞ　ㄌㄨㄞ～」
雷寶呆就別說了
牡丹是在所謂狂犬病驚疑那陣
恰好收養主人家有事
而回到我家
因爲長得確有些像鼬獾
所以兩呆兒至今疼牠時
還是會喊「鼬～緩～歡～啊」

從前讀過，像童話故事譬如
白雪公主、灰姑娘，或像「美靴貓」這類主角是小兒子
通常分家產啥都分不到的衰咖老么
其實確是當時歐洲中世紀黑死病，戰爭頻仍，醫藥不發達
死亡率高，經濟艱困
孤兒、寡婦、後母，
或薄田磨坊分無可分不得不只給長子制
後頭悲慘的社會實況
總之
去年牡丹回到我們家
獸醫已說，這樣移換對小狗內心會有傷痕
或我也把兩呆兒找來宣示
「牡丹丹是我們家分出去的ㄚ頭
現在牠回來了
我們把牠疼回來

我們駱家，不准給我搞『偏心』這種事」
但分明大兒子阿白就是認定端硯是他的愛犬
小兒子阿甯咕就是認定雷寶呆是「狗界大將軍」「狗界愛迪生」
每晚抱著那傻呼呼的小黑熊，喔不，大黑犬睡
於是他們便把牡丹推給我，變我的愛犬
這後頭自然有一種幽微的「寄養家庭」「親生女／養女」的細微差別待遇
牡丹丹也確因當初寄養主人較自由放她出門跑
（這其實才是狗兒的幸福模式）
因之有野狗本能
在我們這小公寓裡
到處角落撒尿占地盤
這讓疲於奔好神拖拖尿的我們
嘴上總會抱怨「唉呦～又是鼬獾獾亂尿！」
牠的外型腿短、貪吃
從前四處奔跑，回我家後整天待公寓裡
身形變胖，外型確實如小兒子將之推給我
「霸鼻，雷寶呆是我的黑駿馬，端硯是葛格的小鹿
您老的座騎是一頭小河馬」
我警覺著，所謂空間霸凌，所謂愛美欺醜
就是從這細微處，像嘰哩咕嚕黑小鬼那樣跑出來
所以雖然私心深愛那隻美人兒端硯
也刻意認了牡丹是歸我保護的「愛犬」
我們家那隻美目、深情，會對主人啜泣如唱小調兒的端硯
卻是從牡丹回來後
便像日劇裡穿短裙的美少女太妹盯上了長得較可欺的轉

學生
一種地盤的排外，先來後到
不斷發動姊姊對妹妹的ㄍㄚˋ西（修理）
剛開始我會痛扁小端
我震怒時是連老虎可能都會腿軟
（有聽過「張飛打虎」吧?）
整個把歇斯底里狂咬妹妹的小端
拎起後頸，懸空舉起用拖鞋痛扁
「我們駱家的小狗怎麼可以如此不厚道？」
打得那從小被我捧在手心疼的小端
打矇了
一雙美目變鬥雞眼
不敢置信的如泣如訴的舔我
「主人～你不會是變心了？不愛我了？」
唉我只好在夜深人靜，心痛的跟這女孩說
「爹最疼端兒了，但妳不可以這樣對牡丹妹啊！啊！白天打的疼不疼啊？」
（太入戲了，變成郭靖和郭湘的段子嗎？）
而牡丹亦有靈性
從此把我書房，占據爲牠的地盤
復興基地，海角一隅，退無可退之老巢
後來我也不太管撒她們之間每天上演的零星戰鬥了
怪的是雷寶呆眞的如小兒子口中的「和平大使」
不論端姊姊和牡妹妹如何咬來咬去
跳上跳下沙發，從牠面前追殺來追殺去
牠總還是吐著大舌頭一臉傻笑像隻瓷狗
（也許怕牠們轉頭發現牠，改目標扁牠？）

好啦
講這麼多
是想解釋
在五妹妹要來我們家過年這幾天前
我和妻兒們就討論不休
「到底會是小端率領牡丹霸凌五妹？
還是牡丹和五妹組成反抗聯盟，兩隻打端端一隻？」
去年五妹來我家過年時
牡丹還不在我們家啊
說來眞是台海情勢，風雲詭譎啊
沒想到
昨天跟高個兒帥哥的母親
約在清眞寺門口
牽了五妹回家
我先帶她到頂樓小花園讓她想起去年總總
先撒撒尿占地盤
熱毛巾敷臉喝口茶捶捶腿放鬆一下
再打電話讓小兒子先只帶小端一隻上樓
她和她相見時刻
畫面眞像張曼玉和劉嘉玲見面，那麼的美
（她們倆長得像鏡子對照的兩美人啊！）
端端當然執行了一些黑幫大姊的確定儀式
嗅聞，湊過臉發出威脅低聲咆哮，但是搖著尾巴一臉威嚴
五妹在人屋簷下，不得不翻肚肚
總之這關過了
小兒子再下去牽雷寶呆上樓
和平大使果然不讓我們失望

立馬和五妹玩耍追逐起來
之後再讓大兒子帶牡丹上來
出乎意外是她竟狂吠五妹
更意外的是
小端完全像電影演的那黑幫大姊大
上前鎮壓牡丹，用身體護住五妹
好似在宣示
「這新來的小丫頭，以後歸姊我管了，你們誰敢動她看看！」
我忍不住讚美小端
「這才像我駱家的女孩！」
也順口訓斥了牡丹丹
但今天清晨
剛剛
我起床
好忙喔（排班）一隻一隻擁抱疼疼
也剛睡醒來撒嬌的小端、小雷，和五妹
咦怎不見牡丹丹呢
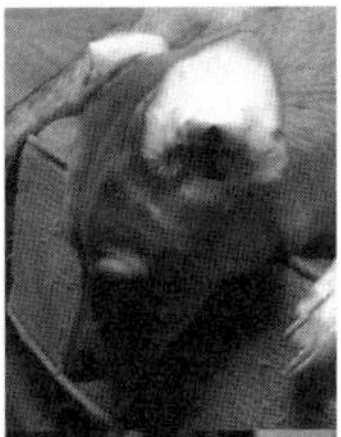

進書房
發現這平時傻姑般的女孩
趴在我的書桌下，一臉憂鬱
我只好把她抱進懷裡
「好啦～妳是爸鼻的愛犬啊！人家五妹只來我們家待過年這幾天
我們駱家的小狗，要有大器、寬厚的樣子啊」
她把鼬獾般的嘴埋在我懷裡
像在啜泣
唉，每隻小狗都需要愛啊

假牙

沒想到這種悲劇發生在我身上
兩年前我做了上下各兩排連珠可拆卸假牙
（就是牙都拔光的關係啦）
睡覺前拆下來泡在水杯裡
兒子們看到會慘叫「好噁心喔！」
我又因戴那玩意兒挺不舒服
老是不戴
我的牙醫（就是啓發我量子力學、霍金，和佛教哲學的
那位高智商怪醫）
勸告我不戴，很快剩的牙會歪倒
也怪我實在太愛衝滴孩子
那天難得想起要戴
戴了一天很不舒服
把它們拿下放外套胸前口袋
見到兩呆兒
我靈機一動
對他們說
「萬一爸爸有天不在了
對不起你們，沒啥好東西留給你們
就留兩件非常珍貴的紀念品
將來好好保管 留給後代子孫
當我們駱家傳家之寶」
當然就是一人發一排

有粉紅色塑膠牙齦的假牙
因爲沾了菸垢
有一種舍利子的暈黃感
大兒子說「走開！」
小兒子說「我要告媽迷你又霸凌小孩！」
我玩爽了
就笑呵呵隨手把兩排假牙收回口袋
今天要去見我那神牙醫
心虛想把假牙戴上吧免得他念我
結果
不！
其中一排不見了！
我不敢相信！
剩下另一排假牙看起來好孤單
我在書房大喊
「誰偷了老子的假牙？」
小端小雷小牡三隻忠犬一排可愛無辜坐我面前搖尾巴
「說！是誰偷吞了老主人的假牙？」
我逼近觀察每一隻小狗的眼睛（牠們長得都好可愛啊！
小端還乖巧舔舔我的鼻子）
「每一隻都很可疑啊！」

雷寶呆的癖好

我家的雷寶呆
有一個奇怪的癖好
就是每晚主人們洗完澡
在客廳吹頭時
牠一定跑來
兩眼專注的舔著我們腿上的水滴
那非常癢
我們通常會閃避
但牠非常固執追著舔
牠的態度非常認眞（牠是隻呆狗，並不是要調皮）
嘩茲嘩茲舔著
感覺眞的超愛喝
像「洗腳水」是這世間最甜美的甘露
我們都會說
「雷寶呆又來喝牠最愛的洗腳水嘍」
這陣子
若是我洗完澡，雷寶呆在喝我小腿的殘水
小兒子就會喊
「雷寶！別喝黑心餿水油毒牛奶啊
等等小主人洗完
讓你喝最純天然的良心洗腳水！」
昨天幫狗兒們洗澡
出來後我跟兩呆兒說

「幫雷寶呆洗到一半
牠突然發現咦？牠的狗腿上全是水
太爽了
於是牠大口大口舔著自己腿上的洗腳水
好像499啤酒無限暢飲喔」

老祖宗

晚上從廁所出來
看見雷寶呆像貓咪玩線球
抬起一隻前腳
小心翼翼撥著眼前的什麼
（那時牠專注、驚嚇的臉，好像一隻小熊）
我走近一看，是隻肥蟑螂
便迅捷啪ㄘ！一腳將那肥小強踩扁
雷寶呆一臉不可置信
不肯離去，癡癡呆坐
憑弔剛剛還抖動觸鬚和牠對峙
現在扁爛的小東西
我訓斥小兒子
「還說你的雷寶呆是二郎神的嘯天犬
馬的連隻蟑螂都不會抓」
小兒子心疼的把雷寶呆抱在懷裡
「喔，可憐～寶兒的寵物、好朋友
被殘虐的老主人殺啦
秀秀～」
我聽不下去
「什麼寵物？
說來雷寶呆的毛色
跟蟑螂還一模一樣
黑中帶咖啡，脖子還有一小圈白

說不定他認爲那小強
是牠同族只是塊頭超小的一個老祖宗」
這時這個寵溺他的呆狗，眼中無父的逆子
失控了
竟說
「爸鼻，你、你、你跟大亨堡的顏色才一模一樣！
你才是大亨堡的阿揍！」
我因爲慶祝大兒子考完的好心情
內心赦免了他
不過後來走進廁所
忍不住瞄一眼鏡子
有嗎？我像一個大大亨堡嗎？
大亨堡是那些顏色呢？
（感覺好像有紅色蕃茄醬和鮮黃芥末醬從肚子裂口流出來？）
突然想到
他這樣說
不是詛咒（或許是祝福？）他未來的孫子是大亨堡？

像個女孩兒

小兒子非常無聊
從冰箱冷凍庫拿出一像
汽車路邊拋錨，放在車屁股的
三角警告標誌
但細看那是一條洗澡破毛巾
他不知怎麼把他折成三角形
放在冷凍庫，結成一大三角冰棍
不料呆狗們非常愛這怪東西
牡牡把它占領壓在她的「媽媽毯」下
深情的，一下一下舔著
（是主人狐臭口味的毛巾冰棒嗎？）
小端要靠近
小牡就發出卡車發動引擎的怪響
威嚇她姊
但小端根本吃定小牡
用身高優勢把頭迫近小牡的臉前
ｖ她
小牡的恐嚇慢慢變成像是
「妳不要再過來喔，妳不要欺人太甚喔
妳再過來我眞的生氣嘍」
總之很像兩台泡水車在轉鈕發動點火的「搗～搗～搗～」聲
這時我（在掛網）會嚇斥一下兩隻小黃狗「吵死啦！」

（小黑狗傻呼呼在一旁吐舌頭，是和平大使）
「阿甯咕！你他馬把你那奇怪毛巾冰棒給我拿走！
莫名其妙？弄得我這裡雞飛狗跳的！」
這時，造成這場騷亂的小兒子
到我書房來主持公道
「小端
妳不要面如桃花、心如蛇蠍啊」
我整個把正喝的茶吐出來
「哪有人這樣說小狗的？」
但不知怎麼搞的
我家小端像聽懂這嚴厲的指責
像個女孩兒
一臉羞愧、委屈的跑一旁趴著生悶氣啊

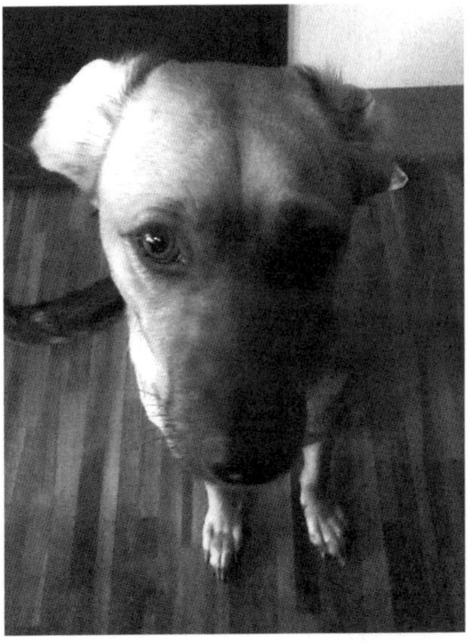

飛毛腿

和兩呆兒牽小端、小雷、牡牡
去公園兜風
狗兒們都嗨瘋啦
簡直像我們被三隻鱷魚拖著前進
走到大馬路旁
小牡突然坐下不走
我一使力
牠一掙扭
那轡繩竟被脫下
一開始我蹲下叫牠
但這野女孩竟開始朝巷弄裡撒腿狂奔
（像一個金黃的快轉圓球）
我先回頭穩住兩呆兒
要他們別急
牽小端和小雷從另一端小路包抄
因之前小牡在台中前主人家
是自由放牠在戶外跑
比較見過世面
我追在後頭
還是擔心這巷弄裡的人車讓牠驚慌而迷失方向
後來我發現這混蛋原來在玩我
就是你追我跑的遊戲
啪啦啪啦跑老遠，待著呵呵笑等我

我喘吁吁快追上時
牠又跑
路上行人都停下看一個老胖子狼狽大喊
「姆姆！姆姆！」
聲音時或恐嚇，時或溫柔哄騙
但就是追不上那胖黃狗
很像拍瓊瑤電影啊（那種失愛瘋狂在海灘亂跑之人）
後來我靈機一動
先用鑰匙把公寓鐵門打開
然後再度追趕一圈時
這野丫頭像兔子鑽兔洞就自己鑽進門洞
哈哈
犬類還是鬥不過靈長類啊
但眞是累死我了
我好像二十年沒這樣狂跑了
回家後
兩呆兒都驚呼不已
「沒想到牡牡平時肥肥懶懶的
竟然跑起來是飛毛腿
眞是扮豬吃老虎啊」
（小兒子成語還說錯，說成「眞是打腫臉充胖子啊」）

宙斯的大腳

每次到高雄炮輝家
回來後跟兒子們吹噓
小端、小雷、小牡牠們的大哥
宙斯，如何高大像一匹小黑駿馬
牠的身軀足足高了雷寶呆一截
腿也非常長，臉也拉長，整個超俊美
小兒子不服氣「怎麼可能？」
我說「眞的，每次回來，都突然覺得雷寶呆怎麼變得像
小浣熊
而且宙斯的腳超大，應有雷寶呆的兩倍大」
「怎麼可能？」
今天下高雄，因還要趕回台北
只去炮輝家待了三小時
宙斯每每的狂歡熱情，都讓我想掉淚
想當初我帶著還半大不小的牠
裝在箱車裡，搭高鐵帶下高雄給炮輝
牠那慌恐、不知所措的樣子
那時我帶牠在炮輝家門前的草地把尿
牠之前只在我家地板尿，在草地上打圈，非常無依
走遠一點就靠近我腳邊，像在說
「主人，你不會丟下我吧？」
當時我的心都碎了
我從靈魂的最內在

深深感激炮輝這個大天使
他讓一個遺棄的、傷害的故事
變成一個被愛充滿的小宇宙
我每次下高雄，一定去他的屋子看宙斯
牠已是他的狗了
牠在牠自己的家，那麼自在快樂
每次我和炮坐他家餐桌煮火鍋或喝啤酒
聽他講易經，或我們回憶陽明山總總
宙斯都快樂的在一旁打圈、躁動、趴下，又來磨蹭
我覺得牠像個小孩
一直在告訴我「我好快樂」
我每和牠相擁、親熱
還是整個內裡，都像一整海洋的潮汐
無聲的翻湧
（今天靈機一動，跟炮輝說
我拿我的手當比例尺，拍個和宙斯的手的合照
回去再和雷寶呆的手合拍一張
這樣阿甯咕就服氣啦
左邊的是宙斯的，右邊是回家後拍的雷寶呆的）

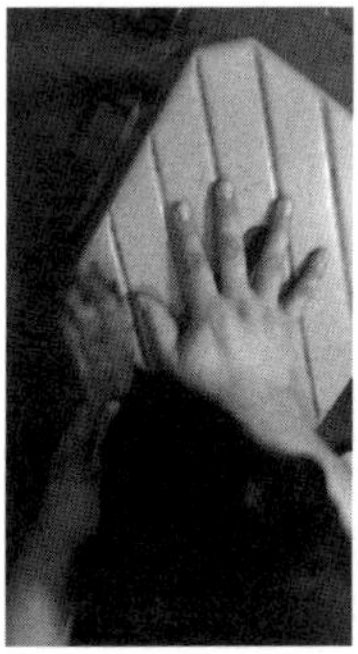

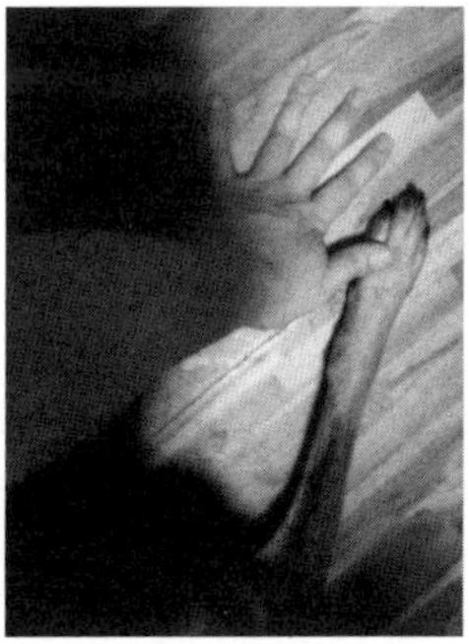

這是誰家的狗ㄍㄡˊ啊？

小狗不喜歡洗澡
每次幫三隻狗兒洗澡
都是我押著牠們在浴缸邊
用蓮蓬頭沖水時
我一邊搓開小狗沐浴精
一邊要柔聲哄慰，安撫牠們
對小端：「喔，這是誰家的狗ㄍㄡˊ啊？
這麼美，啊要是沒洗乾淨
出去人家會說
這是誰家的美女？這麼美，卻臭哄哄？
是個臭狗ㄍㄡˊ啊？」
對小牡大約也是如此
對小雷，因為是男生，我台詞只好改成
「喔，這是誰家的狗ㄍㄡˊ啊？
這麼英俊啊？」
其餘一樣
三隻小狗各有不同反應
小端最害怕（牠神經最細、最敏感）
小牡最認命
但小狗在無辜被你搓洗全身都是泡沫
兩隻眼睛黑溜溜，認命盯著前方
那模樣眞是超可愛
每洗完一隻

牠們甩著毛上的水
擦乾後
又超開心，等我開浴室門衝出去
那個歡勁！
然後我自己沖洗一番
走出去要吹頭
小端忙著要ｖ小牡
（就是小狗威脅對方，咧嘴發出「ｖ～ｖ～ｖ」的嘴型）
雞飛狗跳的
只有小雷
好像真的相信，陶醉剛剛押著沖水時的
甜言蜜語
無比沉靜的，兩眼深情的
走過來舔我腳上的水
我嘆氣說
「還好你是小狗
否則你若是人
真會被這傻呆、深信不疑的性情
給害死嘍」

一直都在

晚上跟一些長輩去喝酒
非常可愛的長輩
因之喝的非常醉啊
回到我的公寓
狗兒們害怕，激動的撲我、舔我
近距離那純真、盼望的可愛眼睛
我迷迷糊糊，歪坐地板
一隻一隻摟摟牠們
說
「別害怕啊！我都在啊
一直都在啊」

謝謝媽媽

過去半年的學校生活實在太散漫了，丟東丟西，唸書愛唸不唸，作業愛寫不寫，成績又不符合你們的期待，有許多值得檢討的事，經常都是妳督促我的課業，讓我不至於一落千丈，這個下半年，我察覺到事情的嚴重性，決定開始努力，但我偶爾會再次散掉，希望媽媽能在我失陷的時候能夠拉我一把，再次感謝。

並祝王班親會

愉快

及羊年快樂

事事如意

駱言寧

敬上

文學叢書 473

INK PUBLISHING

願我們的歡樂長留

小兒子2

作　　者　駱以軍
總 編 輯　初安民
責任編輯　蔡俊傑
美術編輯　林麗華　黃昶憲
校　　對　蔡俊傑　駱以軍

發 行 人　張書銘
出　　版　INK印刻文學生活雜誌出版有限公司
新北市中和區建一路 249 號 8 樓
電話：02-22281626
傳眞：02-22281598
e-mail : ink.book@msa.hinet.net
網　　址　舒讀網 http://www.sudu.cc

法律顧問　巨鼎博達法律事務所
施竣中律師
總 代 理　成陽出版股份有限公司
電話：03-3589000（代表號）
傳眞：03-3556521
郵政劃撥　19000691　成陽出版股份有限公司
印　　刷　海王印刷事業股份有限公司

港澳總經銷　泛華發行代理有限公司
地　　址　香港新界將軍澳工業邨駿昌街 7 號 2 樓
電　　話　852-27982220
傳　　眞　852-27965471
網　　址　www.gccd.com.hk

出版日期　2016 年 1 月　初版
2016 年 1 月 25 日　初版六刷
ISBN　978-986-387-082-1
定價　360 元

國家圖書館出版品預行編目資料

願我們的歡樂長留 / 駱以軍作. -- 初版. --
小兒子. 2
新北市 : INK印刻文學, 2016.01
面；　公分. -- (印刻文學 ; 473)
ISBN 978-986-387-082-1(平裝)

855　104027319